邪惡貓大帝 5

克勞德

成為宇宙之王

邪惡貓大帝 5

克勞德

成為宇宙之王

文 / 強尼·馬希安諾　　艾蜜麗·切諾韋斯

圖 / 羅伯·莫梅茲　　譯 / 謝靜雯

獻詞

獻給 Simone Zheng。

——強尼 · 馬希安諾

獻給 Ben 和 Antje Chenoweth。

——艾蜜麗 · 切諾韋斯

獻給我的妻子 Maureen，她很照顧人且工作勤奮，還忍受我躲進地牢去畫愚蠢的圖畫。

——羅伯 · 莫梅茲

第 0 章

重新整理。

重新整理。

重新整理。

可惡！不管我檢查通訊器的訊息多少次，銀河
邀請函還是遲遲沒出現——而邪惡軍閥大會再幾個
月昇就要到了！

也許邀請函受到布拉吉象限流星雨的影響而延遲了。我設定了通知，邀請函一來就會提醒我，然後閉上雙眼，來一個平定心神小睡。

　　我真期待 A.W.E.S.O.M.E.——「邪惡、破壞、壓迫、更多邪惡的軍閥聯盟」（Allied Warlords of Evil,Sabotage,Oppression,and More Evil）的集會。出席的將是全宇宙最暴虐無道的暴君、霸王和獨裁者。

　　能夠置身於同儕之間，多麼令人心滿意足。

　　「克勞德！嘿，克勞德！你在地下室嗎？」

　　是男孩妖怪放學回來了。他走進地下碉堡，心情看起來比平常還好。

　　「我今天投籃訓練表現得很好，」他說，「我投籃進球的次數，比大多數的七年級生都多！我很高興籃球季終於到了。」

　　雖然我很明確的說我不想聽，但這個人類還是對我形容起「籃球」這東西。在這項荒唐到很可笑的活動裡，妖怪用他們平扁過大的掌子拍打充氣橡皮球，好讓它在地上反覆彈跳。在不特定的時刻裡，他們會瞄準掛在腦袋上方的環圈，將橡皮球拋到空中。

人類這個遊戲的玩法，似乎沒比以前洞穴貓咪將敵人的頭顱拍來拍去進步多少——而且樂趣少得多。

　　「妖怪，你今天的閒聊聽起來特別乏味，」我說，「你難道沒什麼有趣的事情可說了嗎？」我確實需要將注意力從遲遲未來的 AWESOME 邀請函轉移開來。

　　「唔，我學校有個關於專制將軍變成獨裁者的報告要做。」

　　「拉吉，」我說，「我很感動。」

　　「跟你沒關係啦，」男孩妖怪說，「是在講拿破崙。」

　　顯然這個特別的妖怪大帝在兩百多年前帶領軍隊，征服了稱為「歐洲」小小陸塊的一部分。他連讓**半個**地球俯首稱臣都辦不到。這樣哪裡令人佩服了？

　　「可是，他征服了好幾個國家耶。」男孩妖怪說。

　　「我實在搞不懂你們妖怪為什麼要劃分你我的界線。你們難道不明白，你們根本一模一樣嗎？我幾乎看不出你們有什麼不同，」我說，「**我們**貓咪

就不一樣了——每一個都是獨一無二、令人難忘的個體。」

妖怪翻了個白眼。「總之，我有個問題。跟我一起做報告的同伴是**蠑螈**。你也知道她一直對我有多壞。」

「啊，就是那個騎著帶輪板子，輾過你絨毛小熊的人，對嗎？就是以高人一等的狡猾，時時羞辱你的那位？」我說。

「呃，對，」妖怪說，「就是她。」

「太好了！現在你有機會可以以牙還牙、以眼還眼了。讓大家知道她是個卑鄙的冒牌貨，是個大壞蛋！」

「可是，那只會害到**我**自己。因為我們是搭檔，會被一起評分。」

「沒道理啊。」

「我不認為你了解團隊合作的意義，克勞德。」他說。

關於這點，男孩妖怪也許說得沒錯。當你可以修理某人的時候，又何必與對方**合作**呢？這又是一個人類很愚蠢的實例。

第 1 章

　　早餐時，爸媽問起學校的計畫，但我最不想談的就是這種事。

　　「籃球選拔就在今天，」我說，「我真的很希望能進校隊。」

　　「可是你才六年級，親愛的。」媽說。

　　「我知道，但我在布魯克林的時候，球技跟七年級的人一樣好。」

　　「唔，祝你好運，」她說，「雖然我真的希望你可以從事更有趣的運動，像是西洋劍，或是下棋！」

　　「下棋不是運動，媽。」

　　「你會表現得很棒的，拉吉，」爸用手肘推推我說，「也許你春天的時候可以試試棒球！」

　　「那也幾乎不算是運動。」我喃喃。

　　當我起身收拾自己的碗盤時，克勞德跳上餐桌，從爸的盤子上咬了一口炒蛋。

　　「克里胥，別讓貓那樣做。」媽說。

　　克勞德狠狠瞪著爸，然後快如閃電的用爪子劃

過他的手背。

爸搖搖手指說：「調皮的貓咪！」

媽也用同樣快如閃電的速度，將克勞德從餐桌上撈起來。

「在這個屋子裡，寵物**不能**上桌吃東西。」

克勞德大聲哈氣，可是我知道他不敢冒險抓傷媽。

他可能很邪惡，但他可不笨。

第 2 章

　　男孩妖怪莫名其妙花了好久時間，才從一大堆
「鬼祟器」裡挑一雙來穿。他把自己的東西塞進背
包，然後拖著腳步去上他無意義的學。至於我，正
準備來個早餐過後的小睡，這時聽到了我痴痴等待
的聲音。

　　通知來了！

　　我跑下樓梯，我的通訊器上顯示了一條來自邪
惡軍閥聯盟的訊息。

　　終於等到了。

　　不過，我點開那則訊息時，並沒有出現銀河邀
請函，而是出現了惹人反感的東西：

會員身分更動通知

收件人：威斯苛，前任砂盆星至高大帝；現任地球家貓

寄件人：邪惡、破壞、壓迫、更多邪惡的軍閥聯盟

說明：征伐活動不足。該會員過去曾經控制一座銀河、一個太陽系或一個星球，至今已經相隔一萬多個時間單位。再者，該會員並未策劃或參與任何成功的政變或戰事活動。

額外的指控：

- 該會員被目擊向犬族致歉。
- 該會員曾經企圖掌控原始的星球（地球），但遭受「人類」這種低等生命型態阻撓。
- 該會員反覆跟人類和犬族玩鬧嬉戲。

依據 AWESOME 憲章的 47U-XJ 細則，撤銷該成員在 AWESOME 的會員身分。

撤銷？真是令人髮指！比起宇宙其他的暴君，我四處征討的時間更久也更賣力。是的，我確實被推翻了，可是我曾經統治一個貓咪星球，遠比統領其他物種一千年還令人佩服。而且，我統治過砂盆星兩次！

　　連我的爪子都感覺到熊熊怒火。我聯絡澎澎毛。

　　「噢，嗨，至高領導。一切都──」

　　「被放逐的凌遲，難道沒有結束的一天？」

　　「再說一遍。」他對我愚蠢的眨眨眼。

　　我把那則可恨的訊息念給他聽。「怎麼會發生這種事？他們怎麼會發現我──**嘔、嘔**──向無知犬星系道歉了？」

　　「唔，那**可以**說是全宇宙最熱門的影片了，」他說，「我的意思是『瘋傳』。」

　　「那這個『跟妖怪玩鬧嬉戲』又是怎麼回事？我才不**玩鬧**。我蔑視！我下令！」我吐了一口口水說，「然後他們怎麼知道我征服地球失敗了？」

　　「我猜，利牙可能在上一場 AWESOME 會議裡提過。」

　　「利牙！」我低嘶，「那個卑鄙的混帳貓。那

個可悲至極、斜眼的──」我停了下來，「等等。你怎麼知道他在上一場會議說了什麼？」

「就寫在我們的每月通訊報上啊，」他說，「哎唷！我是說，嗯，有人**通知**我，那段內容刊登在AWESOME的每月通訊報上。我以前絕對沒看過。」

「等等──你又不是──」我幾乎想不通，「難道你是這個社團的會員？」

澎澎毛搔搔耳後。「唔，算吧，」他說，「抱歉，大王陛下，我一直找不到適合的時機跟您提起。我知道你對於沒能征服地球相當，失望。」

「別再用你的同情侮辱人了！」我怒吼，「這是不是表示，你受邀參加軍閥會議？」

「嗯……是。」

「可是怎麼會？」我說，試著理解情勢的變化，「他們怎麼會邀你參加？你這個哭哭啼啼的手下！」

「唔，你也知道我確實背叛過您，並接管了砂盆星，」他說，「不過，我不得不說，我還滿期待那場派對的，聽說會有很豐盛的大餐。」

彷彿我需要有人提醒我，他的背叛行為一樣！或是那個大餐！「奴才，我──」

「呃，**喀啾－喀啾**！哇，星際雜訊好嚴重！**喀啾－喀啾**！我覺得通訊就要斷了，噢偉大的君王！」

通訊器的螢幕隨之轉黑。

可惡！

第 3 章

　　籃球選拔賽讓我興奮到最後一堂幾乎無法專心上課。

　　鐘聲一響，我就衝到體育館換衣服。我超級緊張，所以當教練吹響哨子宣布開始的時候，我嚇得差點彈起來。中距離的投籃我有一半都沒中，接著我們排隊要投三分球。

　　「加油，拉吉！」史提夫從看台座位那裡大喊。

　　我深吸一口氣，然後舉高那顆球。**呼咻**——直接射穿籃網。

　　就這樣，我整個人手感都來了。我甚至從籃框角落那裡，射進了一顆沒人能投進的球。準備爭球的時候，教練派我當控球後衛，那是我最愛的位置。可是當我持球上場時，賽斯．惠頓——全校最可怕的八年級生——把球抄走，將我撞倒在地，然後從我身上跑過去。

　　「噓——」雪松發出不滿的噓聲。

　　在那之後，我恢復狀態，傳了不少好球；對控

球後衛來說，這點比射籃重要太多了。可是話說回來，在最後一次持球時，大家都被對手盯上，我沒人可以傳球。時間快到了，於是我從中場投籃，然後——

嗶——

計時器響起，那顆球呼咻穿過籃網。整個體育館爆出歡呼！

唔，也許不算**爆出**啦，可是有些歡呼聲就是了，而且是爲我喝采，甚至有些人伸手跟我擊拳。

「投得好，班內傑。」賽斯說。

我眞不敢相信，賽斯・惠頓竟然知道我的名字！

選拔賽結束之後，我跟雪松和史提夫在外頭的停車場會合。

「你眞的很厲害，拉吉！」雪松說。

「對啊，」史提夫說，「眞沒想到。」

「我想我搞不好進得了校隊！」我說。

「我知道你一定想沉浸在神奇籃球球技的光輝裡，拉吉，」雪松說，「可是我們最好快點走，看來會有一場嚴重的暴風雨。」

「你們在說什麼啊？」我說。天空幾乎連一朵

雲都沒有。

「大概兩分鐘前吧，有個超大的紅色閃電閃過，」史提夫說，「在那邊。」

他指著我家的方向。

紅色閃光？那我**真的**得走了！

第 4 章

我被逐出 AWESOME，該怎麼辦才好？只能任由怒火悶燒嗎？暗地詛咒我的敵人？還是想出辦法，讓他們後悔曾經背叛強大的威斯苛？

這些選項聽起來固然很吸引人，但我決定仿效貓族的傳奇戰士君王喵嗚米提茲——在第三十七月亮之戰中嘗到敗果後——宣布放棄了戰鬥貓法規，自此過著沉寂孤獨的退隱生活。

偉大的貓過上一陣子隱士生活，不算很不尋常的事。徹徹底底的與世隔絕，貓族心靈會進入某種恍惚狀態，偉大真理會因此浮現。

進入地下掩體後，我踏進了一個看起來非常適合隱居的厚紙板箱中。接著，我讓心思沉靜下來，開始進入比先前都深沉的小睡。我的鬍鬚顫動著。我相信這就是我進入極樂狀態的徵兆。

但是我錯了。我的鬍鬚感應到的是騷動。

我走出箱子時，有個幾乎難以察覺的滋滋聲越來越響亮。我看到一個小小的不明飛行物體，以令人折服的速度旋轉，朝著我飄來。是間諜無人機

嗎？還是敵人派來的武器？我壓平耳朵，變成防禦蹲姿。那個物體停在房間中央，不停轉動的懸在空中。接著，發出一陣強光，照得我差點瞎掉。一個立體投影塞滿了地下掩體。

「嘿，好老弟！是我！」

不可能。

但確實是。

是**巴克斯**。那隻星際警犬。他居然出現了，彷彿我今天過得還不夠糟一樣。

「好啦，其實這不是真的我，只是我的投影，可是還是滿好的！」那個流口水的蠢蛋搖起了棍棒似的笨拙尾巴。

「怎麼有這個不幸再碰上你？」

「唔，我只是想說順道過來，看看你需不需要搭個便車到 AWESOME 會議去？」

我挺直一根鬍鬚。「我不去，」我說，「我考慮過，也確定軍閥聯盟對我來說不夠邪惡。」

「有意思，但我聽說的是，他們把你踢出去了。」

可惡！

「別擔心，老弟，因為我有個天大的好消息！」巴克斯興奮到口水都滴到自己了，「我來這裡的真正原因是，我要邀請你加入**善良動物團隊**（Good Animals Group，GAG）！汪嗚、汪嗚！」

「你說**什麼**？」

「噢，我知道你在想什麼，克勞德，」巴克斯說，「**他們為什麼挑我**？確實，我們的社團過去不曾有貓加入過。可是，你現在在犬星星球上備受

喜愛，我敢說，GAG 其他動物也都會愛上你的！考量到你當初道歉時那麼誠摯、那麼信手拈來，我們確信你能爲我們的集會帶來不少貢獻。」

他不可能是認眞的。「我永遠、永遠不會加入你們那個乏味的——」

「巴克斯！巴克斯！你在這邊的什麼地方嗎？」

噢，**太好了**。

男孩妖怪衝下樓梯，巴克斯則放聲號叫，歡喜到不得體的地步。

「拉吉！拉吉！我好想你喔！」

「我也想你啊！」

如果這種噁心的深情表現再持續下去的話，我就會把胃裡所有的東西都吐了出來，這輩子可能再也吃不下東西了。

地下掩體顯然不是個適合隱居的地方。

第 5 章

　　我真的很興奮能再次見到巴克斯，即使他只是從閃動旋轉的飄浮物所發射出來的投影。他告訴我，他為克勞德帶來一些令人振奮的消息。

　　「他受邀加入善良動物團隊！」

　　不知道為什麼，這聽起來不太對。「克勞德為什麼受邀加入**善良動物團隊**？」我問。

　　「看吧。」克勞德說，「連愚昧的人類妖怪都知道這有多荒謬。」

　　「唔，他被踢出了邪惡軍閥俱樂部，」巴克斯對我說，然後轉向克勞德，「這樣會很棒！你和我——又能在一起了！我們肯定會享受到無窮的樂趣。」

　　這時，克勞德咳出了一顆巨大的毛球。

　　「你們到底在說什麼啊？」我說，「善良動物團隊是什麼？還有，邪惡軍閥俱樂部又是什麼？」

　　「**選我**！**選我**！我要回答！」巴克斯說，舉起一掌，猛搖尾巴。

　　克勞德發出嘶聲，轉身離開。

「是這樣的，拉吉，」巴克斯說，「打從宇宙形成以來，大爆炸還是小爆炸的時候，有生物居住的星球和住在上面的所有物種就紛紛組成了聯盟。有些動物想讓宇宙成為更有愛與和平的地方，就組成了善良動物團隊。而意見完全相反的那些動物，則另外組成了邪惡、破壞、壓迫、更多邪惡的軍閥聯盟。」

　　「所以，像是貓對上狗嗎？」

　　「不是，我們的善良動物團隊裡有很多物種，像是老鼠和花栗鼠。還有，噢，我們有最綿軟的兔子。」

　　「等等，你是說，外太空還有其他的地球物種嗎？」

　　「噢，拉吉。」巴克斯同情的看著我，「你的意思是，**地球**上還有**其他的太空物種**。」

　　「哇，像是倉鼠嗎？有太空倉鼠嗎？他們一定是善良的吧？」

　　「不，他們是邪惡的。」

　　「浣熊呢？」

　　「非常邪惡。」

　　「松鼠呢？」

「極端邪惡。」巴克斯呲牙裂嘴。

我努力要想出肯定善良的一種動物。

「大貓熊呢？」

「噢是的，他們很棒。」巴克斯搖搖尾巴。「其實呢，他們要一起主持 GAG 聚會。這倒提醒我——我得走了！我必須替這場大聚會製作禮物袋。」

「可是等等！那鴨嘴獸呢！還有……還有鯊魚呢！還有**恐龍**！他們在外太空也絕種了嗎？」

「恐龍沒絕種喔，拉吉！他們連地球都沒住過，」巴克斯說，「他們只是在一兩億年前把這個星球當成墳場而已。」他臉上掠過惆悵的表情。「他們的骨頭**最美味**了。」

我打算要問，有沒有外星人看起來像《星際大戰》裡的伊娃族或是 E.T.，但巴克斯打斷了我。

「改天再聊吧，拉吉，」巴克斯說，「也許在玩你丟我接的時候再聊！」話才說完，巴克斯的投影便消失不見，那個閃轉不停的外星物體從地下室窗戶嗡嗡離開。

第 6 章

我，加入 GAG ？我寧願剃掉我的鬍鬚！

我滿心嫌惡的走出地下掩體時，逐漸明白，這座碉堡裡根本**沒有**地方可以獨處。我需要一個新的庇護所，遠離男孩妖怪和太空狗。我再次想到喵嗚米提茲，他攀登過所有 87 個月亮裡最雄偉的樹木，發誓待在那裡，直到抵達最難捉摸——以及最為崇高的——小睡狀態。

呼嚕涅槃。

登上聳立在院子裡的宏偉橡樹，我的感受一定跟米提茲在幾千年前相似。我要像他一樣，在達到呼嚕涅槃之前，絕不動搖。

我閉上雙眼，感覺太陽烘暖了我的毛皮和鬍鬚。我隨著風吸氣和吐氣，努力進入那種崇高的小睡狀態。

「嘿，克勞德！**克勞德！**」

我睜開一隻眼睛。那個可恨的旋轉裝置嗡嗡作響，懸浮在我那根枝椏附近。當低下的狗族不肯讓你獨處，實在很難當個堅忍卓絕的隱士。

「原來你在這裡！老弟！」巴克斯的投影變得又小又淡。「聽著，我想告訴你，還有兩三天我才會去參加善良動物團隊的慶典。所以要是你改變主意了，儘管打電話給我！我會把這個投影電話留在這邊。」

　　「不用麻煩了！我**永遠不會**跟你一起去 GAG 的！」

　　可是巴克斯沒回答。那個狗族通訊器已經往下俯衝，現在正鑽進了地裡，就像會自動掩埋的骨頭。

　　真討厭。

第 7 章

「需要我打電話到消防局求救嗎?」我往上對著克勞德大喊,「你怎麼會把自己弄到那麼高的地方去?」

他理都不理我,過去幾天以來他都這樣。我跟他說我進了校隊時,他甚至沒有對籃球發表過惡毒的評論——只是說了一些要當隱士的話。

「欸,如果因為下不來而覺得難為情,沒關係的,」我喊道,「每個人都會有需要一點幫助的時候。」

「嘿,拉吉!你到底要不要來?」史提夫嚷嚷。他和雪松在街頭那邊等我。

「好吧,我想我們只好放學後再見了。」我呼喚。

克勞德對我哈氣,至少我知道他還活著。

整天的課都上得還算順利,直到歷史課為止:馬奎德老師說我們在星期四以前要完成小組報告的大綱。其他小孩都已經在準備報告內容,可是我跟

蠑螈根本還沒開始。事實上，我們一直在躲著對方。

「我想我們最好做點**事情**。」下課後我對她說。

「好吧，」她翻了個白眼說，「在你的籃球課之後，到圖書館跟我會合。」

練習很有趣，結束後我又留在體育館多做了一些投籃練習。我想起該跟蠑螈碰面時，便趕緊拔腿衝向圖書館。儘管我只遲到五分鐘，卻到處都找不到她。

她會放我鴿子也不意外，所以我想即使只有一個人，也該開始行動了。不過，我真希望剛剛先沖了澡。我想圖書館員也這麼覺得，除非她幫學生找書時，鼻子總是像現在這樣嗅來嗅去。

我開始讀資料的時候，突然閃過一個念頭：**拿破崙就跟我家的貓一樣嘛**！首先，他被推翻之後遭到放逐，就跟克勞德一樣。然後他奪回權力，卻再次被踢出去。最扯的是，拿破崙被流放的島嶼叫**艾爾巴**──我住的城鎮就叫這個名字！

「所以**你**跑哪裡去了？」蠑螈雙手叉腰站在我面前。「為什麼你聞起來像個會走路的胳肢窩？」

「我練完球直接過來，」我說，「你又去哪

了？」

　　「放學後我一直坐在前門啊，」她說，「只離開五秒鐘去買巧克力棒。」

　　我很確定她在說謊。

　　「你至少完成了點工作嗎？」她說。

　　「對啊，做了不少，」我把我做的筆記拿給她看說，「你呢？」

　　「我把一串拿破崙說過的話印出來了。」

　　在圖書館——應該有兩小時———但她只做了一件事，就是搜尋「拿破崙的語錄」？

　　「聽聽這個，」蠑螈說，「**一定要把朋友當成可能的敵人。還有，害怕被征服的人注定落敗。**」

　　「聽起來就像我認識的某個人。」我低頭看著那份清單說。

　　「你認識征服世界的獨裁者？」她挑起眉毛說。

　　「沒有，」我說，「當然沒有。」

第 8 章

在樹頂待了三天，我有過幾場美妙的小睡，但是並未達到呼嚕涅槃。都怪男孩和父親妖怪時時的干擾，以及人類駕著他們的拉車來來去去、照料他們蕞爾領土時發出的噪音。

通訊器嗡嗡響起，拯救了我，免得我繼續受挫。是澎澎毛，難得我覺得他來電來的正是時候。

「你有消息要給我嗎，奴才？」

「**驚天動地**的消息啊，噢偉大的君王！」澎澎毛說，「您不會相信的——她駕崩了！王位空出來了。」

我倒抽一口氣。終於，三花女王終於死了！

「噢令人歡欣鼓舞的日子！」我喜呼，「我就知道砂盆星那些通情達理的貓會把那個可惡的小貓五馬分屍！告訴我，群眾是否擠滿街道，吵著要我回國登基？」

「唔，呃，其實我指的不是她，」澎澎毛說，「三花女王受到前所未有的愛戴，支持率高達百分之九十八呢。我想您從來不曾超過百分之七吧？」

「那麼你說的是誰？」我吐了一口口水問，**「誰死了？」**

「宇宙女皇！」

我驚愕不已。所有生靈的領袖——竟然逝世了？這是真的嗎？

這個消息甚至**更美妙**！

「澎澎毛！我們一定要立刻開始籌備我的競選活動，」我驚呼，「肯定會有不少候選人，一定要擊垮他們！」

我這輩子都在等待這一刻——統治兩千億個銀河的機會！

「確實輪到哺乳動物當皇帝了，」澎澎毛說，「可是有個小問題，噢了不起的獅王。」

「我想像不出會有什麼問題。」

「您不能競選皇帝啊。您被踢出了 AWESOME，記得嗎？您必須在一個負責提名的黨派裡，才能成為候選人。」

「那我只要加入另一個黨派就好了！」我說，「宇宙中有成千上萬個莫名其妙的黨派。」

「可是您必須**受邀**才能加入任何一個。在這個節骨眼上，您就是不可能成為候選人。唔，除非透過 GAG。」

我發出嘶聲。「你好大膽子竟敢那樣提議！」

「唔，他們**確實**問過您要不要成為一員啊。」那個蠢蛋說。

「我寧可爪子全部被拔掉，送給那個可恨的三花貓做成項鍊，也不要在宇宙上散播 GAG 的善良訊息。」

「對啊，我想這確實是個蠢主意，」澎澎毛說，「總之，噢大王，你能不能稍後再跟我聯繫？我跟蛻變沙龍有約。我希望在出席 AWESOME 集會時，毛皮處於最佳狀態。」

當我掛掉那個惱人的電話時，心情變得很差。這是我令人發狂的漫長流亡以來最糟的時刻。成為

皇帝是我終身的夢想，而 AWESOME 硬生生從我掌中一把奪走。

我現在該怎麼辦？我承認：偷襲父親妖怪私藏的貓草老鼠，藉此忘記所有的煩憂，這種作法確實掠過了我的心頭。

可是，現在不是軟弱的時候！我的命運走到了緊要關頭。我要成為下一任的宇宙皇帝──**非要不可**！只是我必須想通該怎麼著手。

第 9 章

當我從圖書館回到家時，我很高興在地下室找到克勞德──不只是因為他成功從樹上下來，沒跌斷脖子，還有我要跟他說的事情。

「好扯喔，克勞德，」我說，「你就像拿破崙耶！」

我必須往後一跳，免得小腿肚被劃出傷口。

「你在我最關鍵的存亡時刻打斷我，就是為了講這點廢話？」他說，「竟然拿我跟矮冬瓜妖怪比！」

「唔，抱歉啦，」我說，「可是現在有什麼事這麼重要嗎？」

「算了，」他嘀咕，「你趕快把想說的說完就對了。」

「你跟拿破崙聽起來一模一樣，」我說，「聽聽他說過的話：**榮耀稍縱即逝，但默默無聞卻是永久的。**」

「確實如此。」克勞德不情願的說。

「那這個如何：**死亡不算什麼，但活得挫敗**

和不光彩，等同每天都死一次。」

　　「唔，當然是了。」

　　「噢，還有這個：一定要把朋友當成可能的
敵人。」

「這個人類抄襲！不知怎的，他一定有辦法接觸到古老貓族的智慧，」克勞德說，「跟我多說點關於這個拿破崙妖怪的事。他會不會其實是一隻貓？」

　　「不是，他是個將軍。法國大革命期間，」我解釋了法國與美國有什麼相似之處，只是法國革命暴力得多，尤其對皇室的成員來說，「他們砍掉國王的腦袋，還有王后的腦袋。」

　　「真是大快人心。」

　　我告訴他，事情後來變得很瘋狂。國王上了斷頭臺之後，恐怖統治隨之而來，只要跟法國新政府意見不和的人，腦袋也都被砍掉了。

　　「這是多麼讓人身心舒暢的故事啊！你為什麼之前都沒講過？」

　　「唔，法國大革命的重點不應該是暴力啊，」我說，「革命人士其實是想宣揚民主和教育的理念。像是，貴族和平民之間的平等。」

　　「無聊，」克勞德說，「那拿破崙跟這件事有什麼關係？」

　　「所有歐洲的統治者都很討厭這場戰爭，所以他們向法國開戰，逼法國再推出一個國王。當時

法國只有拿破崙這個優秀的將軍，他的戰術超級高明。他打贏幾場戰役之後，順理成章成了整個國家的領袖。」

「所以，他先擊垮了敵人，」克勞德說，「再鎮壓自己的國民嗎？真是高明的策略。」

「不過，實際狀況並不是那樣，」我說，「拿破崙一開始是**被推選出來的**。當他要接管其他國家時，他說這是為了發揚大革命的良善和理想。」

「以 87 個月亮為名，他為何要**做那種事**？」

「為了得到大家的支持啊。但他只是說大家想聽的話。等到他有辦法，就把民主和好東西都剷除，搖身變成了暴君。**最糟糕**的那種。」

克勞德的鬍鬚以令人發毛的方式抽搐起來，它們有時候就會這樣。

「讓我確認一下，我理解得對不對，」克勞德說，「拿破崙只是假裝做好事，等他成功讓其他做好事的人幫他登上王位後，他就反過來對付他們，對嗎？」

「對，差不多。」

克勞德開始呼嚕，眞的很大聲。

我不知道他這麼喜歡歷史。

第 10 章

　　這件事就像超新星一樣擊中了我！男孩妖怪說的那個拿破崙真是個奇才。雖然他只是一個比貓族低等的人類，我心裡自然有所抗拒。可是不可否認，他的策略真的相當高明。

　　我打電話給我的嘍囉，解釋我得知的事情。

　　「所以您是說，這個妖怪**假裝**自己很正派，最後成了皇帝？」澎澎毛說。

　　「沒錯！」我說。

　　「所以……這種事我們何必在乎？」

　　「你這傻蛋，我們之所以**在乎**，是因為我決定要接受 GAG 的會員身分。我會假裝採用他們的好心作風，那些單純的會員就會立刻推舉我作為皇帝的候選人！」

　　「哇，聽起來是個高超的計畫，噢聰明絕頂的大帝啊。」澎澎毛說。

　　「可是 AWESOME 會找誰當他們的候選人？」我想知道，「他們會挑艾克隆嗎？不，不對，他是跟班，不是領導者。也許是鯊魚大王佐歌？不，大

家都太怕她了。不管他們提名誰，你一知道就要馬上向我稟報。」

「沒問題，霸主陛下！」

叫我的奴才退下之後，我開始投入下一項任務。雖然令人反感，但也別無他法。

我到院子裡那棵橡樹下開始挖掘。爪子間的潮溼土壤讓我反胃。我很好奇狗族怎麼忍受得了？

不過，很快的，我找到了我在尋覓的東西。我壓下中央按鈕，投影隨即顯現。

「巴克斯，」我鄭重的說，「我重新考慮了你的提議。」

第 11 章

　　星期三，我到蠑螈家一起擬定報告的大綱。可是她的兩個弟弟跑來跑去，實在很難讓人專心。蠑螈應該要看好他們的。

　　「也許我們應該弄個透視圖。」我說。

　　「他剛說**偷吃土**！」瓦特說。

　　「**偷吃土、偷吃土**！」塔茲大叫。

　　「你們安靜！」蠑螈說。

　　「或者可以做幻燈片，」我提議，「播放拿破崙的照片，還有關於他人生的種種。」

　　「嗯，這個點子**讚喔**，」蠑螈說，「你先開始擬大綱吧，我去買東西回來吃。你喜歡吃披薩嗎？」

　　我的肚子咕嚕咕嚕叫。今天中午的熱食是羽衣甘藍燉菜，我完全沒吃，所以在球隊練習以前，我就已經餓壞了。

　　「呃，喜歡啊，」我說，「我愛披薩。」

　　「好，太好了，」她說，「我馬上回來。」

　　接著，她就走出門口，我聽到她的滑板刮過人行道的聲音越來越遠。

我花了將近一個小時的時間，才察覺蠑螈又耍了我。她根本沒有回來的打算。至少短時間之內不會，更不要說帶披薩回來了。她讓我單打獨鬥，自己列大綱——還害我得照顧小孩，動彈不得。

那是什麼**味道**？

感覺有人輕拍我肩膀。「幫塔茲換吧。」

「什麼？」

瓦特指著塔茲。

「什麼意思？」

「他的尿布。」瓦特說。

「**尿瀑！**」塔茲學舌。

難怪有那股味道。我趕緊抓起手機，發簡訊給蠑螈。

立刻回來！！！

　　我總共打了十通電話給她，她卻一通都沒接。

　　所以我憋住氣，換了塔茲的尿布。要不然還能怎麼辦？他有全世界最糟的姐姐，也不是**他的**錯。

　　五點半，他們的媽媽一回來，我就離開了。回家的半路上，我的手機響起。我想是螺螂，用簡訊傳什麼爛藉口給我吧。

　　結果是爸傳來的。

我找不到克勞德！

第 12 章

　　雖然 GAG 會議即將在貓熊星球竹子星上舉行，但巴克斯堅持要我先瞬間移動到犬星星群去。所以我從蟲洞出來，轉眼便到了里崔佛，我很快領悟到，這是我這輩子到過的味道最重的星球。空氣瀰漫著潮溼狗毛皮的臭氣。

　　也或許是因為我在巴克斯的窩巢裡。

　　「再跟我說一次，我為什麼在這裡？」我說。

　　「你現在是我們的一分子了，克勞德！」巴克斯說，「狗總是成群結隊活動，因為待在一起比獨處更有趣！」

　　我咬緊牙關。

　　「好吧，」巴克斯說，「讓我們替你打扮一下吧。」

　　「打扮？」

　　「欸，當然的啊！ GAG 的成員沒人光著身子走來走去！我們有服裝規定。」

　　「你要我穿**衣服**？跟人類妖怪一樣？」

　　「別擔心，」巴克斯說，「我有很特別的東西

要給你。可是首先，你認爲我應該戴哪個項圈？棕色的，跟我的眼睛搭配，還是紅色的，做個對比？」

我正考慮把那雙狗眼挖掉，這時空氣中突然爆出吠叫和呼號。那個聲音讓我的貓族靈魂充滿恐懼。「發生什麼事了？」

「只是我們代表團的其他成員，」巴克斯說，「進來吧，朋友們！嗨，瑪菲同志！哈囉，費朵同志！」

一打混色米克斯狗走進那個窩巢時，我背脊上的毛髮都豎起來了。他們爲什麼喘個不停？爲什麼離我的屁股這麼近？

嗅 嗅 嗅！嗅 嗅 嗅！

「住手！」我怒吼。

「抱歉，老弟，大家都急著想知道，一隻誠實眞摯的貓聞起來是什麼味道！」巴克斯說。

我退到了角落，可是有條穿著紫背心，踩著配色小靴的狗，做出了比嗅聞更令人難以啓齒的事情。她竟然舔了我的臉。

「以 87 個月亮起誓，你爲什麼做這種事？」

「這是我們打招呼的方式啊！」她說，「不然，貓族是怎麼打招呼的？」

「我們不打招呼。」

不知怎的,這些狗全都開始搖起尾巴。更令人忐忑的是,他們開始往自己身體搔搔抓抓。他們有跳蚤嗎?他們會把跳蚤傳給我嗎?我開始感覺渾身癢得失控。

「我發現你剛剛在欣賞普姬配色的背心和靴子。」巴克斯說。

「我才沒有。」

「噢,少來了,我知道你喜歡,」巴克斯說,尾巴一搖,「唔,我沒時間替你做什麼靴子,但倒是幫你織了件毛衣。跟我這件很相配喔!」

那條狗用嘴高舉著我所見過最醜陋的東西,比在地球上任何我所見過的東西都還醜。

我開始認真思考,為了成為宇宙皇帝,而必須和這個流口水的傻瓜多相處千分之一秒鐘,到底值不值得。

第 13 章

　　我回到家的時候，爸已經完全陷入恐慌的狀態。「我一直叫克勞德，但他都沒出現！」

　　「唔，這也沒什麼不尋常的啊。」我說。

　　「可是，我喊說我有奶豆腐耶，」爸說，「你也**知道**他懂那個字眼。」

　　「才不只這個字眼咧。」我咕噥。

　　「對啊，是吧？」爸說，「我發誓他有時候真的聽得懂我們說的話。」

　　「你有沒有檢查他最近常去遊蕩的那棵樹？」我問，「很高的那棵。」

　　「有啊！」爸說，「而且我在整個社區裡繞來繞去叫他。」

　　這有點令人意外。我是說，平時克勞德也許會裝耳聾，可是只要有人提起乳製品，他的聽力就會變得超級敏銳。我想知道，他的失蹤跟他講過要當隱士的事，是不是有關係。

　　「唔，爸，你也知道貓是什麼樣子，」我說，「有時候他們就是想獨處。他們會爬進很小的空間。

我是說，克勞德可能還在屋子裡，只是我們永遠不會察覺。」

「我想你說得對。」他說，不過語氣並不信服。

「那奶豆腐哪來的啊？」我問。

「你阿媽郵寄了一個愛心包裹來，」爸漫不經心的說，「欸，拉吉，我想我跟你應該再徹底搜索社區一遍。」

「可是，嗯，也許我們應該先熱點吃的？」我說著便打開箱子。我整天都沒吃東西，箱子裡裝滿了好料，包括阿己自製的醃芒果，還有她的扁豆蔬菜湯！

爸驚訝的盯著我看。「這個非常時期，你怎麼**吃**得下？」他說。

可是，一等微波爐開始運轉，阿己的扁豆糊香氣瀰漫整個廚房，爸的表情也變了。「唔，也許我們真的需要吃點東西，拉吉，這樣我們到外頭搜索時，才能保持體力。」

我們坐下來吃飯時，我突然想到，也許克勞德決定跟巴克斯到善良動物團隊去了。

但轉念一想，那樣未免也太荒謬了。

第 14 章

竹子星相當潮溼，上頭長滿了竿子般的高聳樹木，而且熱得令人難以忍受。巴克斯逼我穿上的那件可恨毛衣，讓我覺得更悶熱。

「到了——大會廳，」巴克斯說，用鼻子將門推開，「歡迎來到你的首次 GAG 會議，克勞德，老朋友！」

那個又廣又深的廳堂裡擠滿了溫順的**兔子**、毛茸茸的**無尾熊**、善良的**花栗鼠**，還有開心的**大貓熊**主持人。

真是令人作嘔。

如果我在犬星星群上已經覺得格格不入，在這裡更是每況愈下。至少狗也是掠食者，可以突然採取致命的暴力行動。這些「善良動物」唯一想做的，卻是一派友善，歡迎我加入他們的愚蠢俱樂部。

我知道，如果我希望自己的計謀得逞，我就得贏得他們的心，可是我實在太餓了，沒辦法戴著假面具撐過閒聊時間。我走到自助餐的餐台，希望能吃點美味的烤史畢克布雷加上地雀肉丸，或者至少

是十種的綜合烤肉串。可是，這裡除了某種多纖維
的綠色物質，什麼也沒有。

　　「請問，」我問我前方的大貓熊，「食物在哪
裡？」

　　「食物在哪裡？」那個黑白雙色的小丑看著我
的表情，彷彿我才是愚蠢的那個，「在你眼前的就
是了啊，朋友！這是全銀河裡最柔嫩的竹筍！」

　　他塞了一根到嘴裡，嚼了起來。

　　我嘗試如法炮製，它吃起來的味道根本就像樹
枝。

　　「請大家圍成一圈！」另一頭大貓熊呼喚，
「請你們先跟左邊的動物打招呼，再跟右邊的動物
說哈囉。然後記得，我們在**外頭**也許是不同物種，
但在**這裡**我們全是同一物種！」

我試著消化這套胡言亂語，這時我左邊的鼴鼠說，「哈囉，好朋友！毛衣不錯喔！」我另一邊的毛毛兔說，「嗨，小貓咪！」然後，想跟我互蹭鼻子。

　　「請不要做這種事。」

　　「我們各自訂立今天要在這裡完成的目標，」大貓熊說，「然後，我希望你們向自己表達謝意，今天離開家鄉星球，千里迢迢而來，想發揮點影響力。」

　　我的目標是統治宇宙，我對自己說，**謝謝我**。

　　接著，我們坐著進行呼吸練習和分享圈圈，然後朗讀「良善與忠誠的誓言」。我正覺得自己似乎白忙一場而開始陷入絕望時，坐鎮主持的大貓熊終於宣布，舉薦皇帝候選人的時間到了。

　　「所以，誰想率先提名？」

　　一隻老鼠最先開口。「我想該輪到兔子當皇帝了！」

　　「噢，不，」兔子們喃喃低語，「我們不配！」

　　兔子們緊接著提議由大貓熊擔任候選人，可是大貓熊們也不贊成。就像這樣沒完沒了，每個物種

都堅持**另一個**物種才該出任皇帝。他們真的都不想要這份工作，還是只是裝模作樣？當然了，後者才是合理的解釋，可是這些動物卻滿懷真誠。

「我們的犬族朋友有什麼想法嗎？」一隻長頸鹿說，「他們好有智慧——也許**他們**知道我們該提名誰。」

「才沒有！」巴克斯說，「但你們知道誰既有智慧又真誠嗎？這邊這位新貓族朋友。大家都見過克勞德了嗎？」

所有的動物一同轉身看我，並說：「哈囉，朋友克勞德！」

有個眼睛明亮的小生物，我看不出是什麼物種——看起來介於沙鼠和灰塵團——出聲呼喚，「你覺得我們應該提名誰呢？朋友克勞德。」

我就是在等這個時刻。我站得又挺又直，神采飛揚，對著眾多宇宙和平物種的代表們發話。

「依我個人淺見，唯一合理的答案會是……」我為了戲劇效果停頓了一下，「**我！**」

第 15 章

　　距離我們有人最後一次看到克勞德，已經過了二十四個鐘頭。他不曾消失這麼久過。等我要出門上學時，連媽都擔心起來了。

　　那天下午，我決定翹掉籃球練習去找他。雪松和史提夫也來了，爸捧著如山高的**尋貓**傳單，在門口跟我們會合。

　　「這張照片是上星期拍的，就在他咬了我的鼻子之後，」爸淚水盈眶的說，「我真的很想念那個小傢伙。」

　　與此同時，媽遞了張艾爾巴的地圖給我，上面用紅色大叉叉標出商店和十字路口，她希望我們把海報貼在那些地方。

　　「你們幾個小孩負責這個社區，還有北側的其他地帶，南側由我來，」她瞥了爸一眼，「還有，克里胥，也許你應該在家裡留守，免得克勞德回來。」

　　爸吸著鼻子點點頭。

　　我、雪松和史提夫東奔西走，將海報釘在電線

尋貓
啟事

叫克勞德
貓會回應

桿上。我開始因為我有所行動，而覺得好過一點了。

「嘿，拉吉！都還好嗎？」是琳荻，她牽瓦佛
出來散步。她停下腳步，讀了我剛釘好的海報，然
後瞪大了雙眼。「你找不到**克勞德**？」

我搖搖頭。「你沒在你家院子裡看到他吧？」

「沒有耶，這幾天都沒有。查德滿想他的，」
她說，「天啊，我希望他還好。你有沒有聽說沃克

斯家貓咪的事？牠上星期被郊狼攻擊。」

「哇，」史提夫說，「那隻貓**還好**嗎？」

「還好！現在在學怎麼用三條腿走路，」琳荻說，「而且牠其實只需要一隻眼睛就能生活。」

我覺得肚子裡的結越來越大。克勞德要是被郊狼攻擊，還能存活下來嗎？

我們又繞了三個鐘頭，直到整個艾爾巴都貼了海報。我一直檢查手機，希望收到爸的簡訊，說克勞德回來了。

「一找到他，就打電話給我們喔。」雪松跟史提夫要回家的時候說。

我回到家，爸正躺在沙發上盯著天花板。「我已經有三十六個小時沒被抓傷，」他說，「這樣不對。」

媽摟住我。「真遺憾，拉吉，」她說，「你還好嗎？」

「真正該問的是，」我說，「**克勞德還好嗎？**」

媽吻了我一下。「希望他還好。」她說。

第 16 章

　　我真是了不起啊。在我提名自己之後，大家陷入一陣敬畏的靜默。至少，我認為他們心生敬畏。誰看得出這些溫順的毛球們腦袋裡在想些什麼啊？連巴克斯的表情都難以解讀。他搖尾巴是因為他贊成嗎？

　　「他可以這樣嗎？」一隻圓滾滾的土撥鼠終於問，「我們在 GAG 這裡，不管任何事情，從來沒人提名自己過。」

　　「我們提名別人——這樣比較有禮貌。」粉紅眼睛的小兔強調。

　　「確實如此，」我說，「這就是 GAG 這麼美妙的另一個原因。可是容我解釋一下，為什麼我應該成為你們爭取皇帝職位的候選人。」

　　GAG 的每個成員都是天生的傾聽好手，不用像在 AWESOME 聚會上那樣，口出恫嚇，迫使別人安靜，這真是令人耳目一新啊。

　　首先，我指出自己有統治星球的多年經驗。「身為砂盆星的至高領導人，我……唔，先別管細

節。我有過數不清的偉大事蹟。身為宇宙的皇帝，我會立下更多了不起的功績！」

「像是在宇宙中散播和平與和諧嗎？」兔子出聲。

「對，**就是那樣**。」我看到很多動物在點頭。他們真的相信我嗎？「身為皇帝，」我說，「我會為所有生物，全力擁護良善與平等，不管他們住在哪裡，不管他們是什麼。」我差點被自己的毛球噎著──這個團體命名為「GAG」真是恰如其分──我繼續說下去。「我會成為代表**尊重、誠實、真摯道歉**的候選人。我相信只要大家團結一致，眾志成城，我們可以形成更完美的宇宙！」

說到這裡，有一口食物──我是說一隻**老鼠**──提出反對意見。

「他說想要散播善意和良善，語氣的確很誠懇，」她吱吱說道，「可是，威斯苛這個名號在幾百萬個鼠月亮上，依然會激起恐懼。」

別發出呼嚕聲，我告訴自己。

「但我再也不是威斯苛了，」我說，「我現在是**克勞德**。我在原始人類中的生活體驗改變了我。我會告訴你們，邪惡軍閥聯盟將我踢出他們的團體

時，說了什麼，作爲證明。」

雖然這樣做滿痛苦的，但我還是高聲讀出了我過去俱樂部成員用來毀謗我的控訴，包括跟犬類和人類嬉鬧的部分。

「這是眞的，」巴克斯說，「克勞德所有邪惡的朋友，現在都認爲他是魯蛇了。」

「可是，如果這只是個詭計呢？」老鼠不服氣的反問。

「怎麼會是詭計呢？」兔子問，「他發了良善與忠誠的誓言耶！」

老鼠鬍鬚抽搐，若有所思。「唔，我猜沒人會打破誓言。」她說。

「我明白老鼠朋友爲什麼很可口——我是說，爲什麼**反對**我。畢竟，我曾經是邪惡的軍閥。可是，我過往的經驗會讓我更擅長散播眞理和愛，因爲我了解邪惡軍閥的想法。我有能力打敗 AWESOME 推舉的候選人。這麼一來，我便能跟軍閥們攜手合作，大家更能團結一心，在時空中創造出持久的改變！」我得意的往空中伸直尾巴，「你們支持我的想法嗎，善良動物們？」

全體一致同意，讚聲震耳欲聾。

「推舉克勞德競選皇帝！」

「萬歲！萬歲！」

「克勞德萬萬歲！」

　　大家贊成的吼聲，讓我想起之前家鄉那些還沒撻伐我的眾貓。也許我只是一群好心腸物種的領袖，但我畢竟又成了領袖。

　　今天領導的是 GAG；明天領導的就會是**全宇宙**！

第 17 章

　　那天晚上，整個家裡靜悄悄的。我一面刷牙，一面納悶克勞德的去向，這時一陣燦亮的綠光照亮了一切。我立刻拔腿衝到窗邊。會不會是——

　　「克里胥，」媽呼喚，「我還以為電工跟你說都修理好了。」

　　接著，我們聽到熟悉的聲音——就像負鼠遭到電擊的叫喊。

　　「克勞德！」爸喊道，為了趕到前門那裡，差點從樓梯跌下來，「你回來了！」

　　他猛的將門打開，迅速撈起貓咪，我想克勞德根本搞不清楚狀況。「噢，咪咪，」爸說，「我們好想你。」

　　克勞德抓了爸的臉頰，掙脫他的懷抱，衝進了廚房。

　　「四處閒晃之後，」媽拿出阿己的優格米，放在克勞德面前說，「你一定餓了吧。」

　　克勞德把嘴巴張到最大，連嚼都沒嚼，就全部吃個精光了。

「你跑到哪去了，小傢伙？你有過什麼樣的歷險嗎？」爸說，「我根本無法想像。」

爸也許沒辦法，可是**我**可以。而且我氣炸了。

不過，在我跟克勞德對質以前，還得先等他吃完三大碗食物。然後我跟著他上樓回到我的臥房，關好房門，免得爸媽問我在吼誰。

「你跑到外太空去，」我說，「我看到閃光了！」

「用那種語氣對所有生靈未來的君主講話，非常無禮，妖怪。」

「你在說些什麼？」我說，「等等，不要回答這個問題。我太氣你了。你怎麼可以失蹤整整兩天，不先跟我們說一聲？連張紙條也沒留給我！今天，我爲了找你，翹掉籃球練習耶。」

「你不是應該因此感謝我嗎？」

「不，練習對我很重要，」我說，「你到底有沒有概念，有多少人拚命在找你，還有我們貼了多少海報。在艾爾巴，不管去哪裡，都會看到你的臉。」

「我的肖像本來就很適合爲這個悲慘星球的每個角落增添光彩，」克勞德說，「我還是砂盆星的

至高領導時，法律規定，每個公共空間都要掛上我的肖像。」

「唔，地球又不歸你管，」我說，「而且你不能像那樣就消失不見！」

「我不用向你解釋我的行為。再過幾個月昇，你和宇宙的其他生物都會在我面前俯首稱臣！」

「克勞德，什──」

「安靜！」他說，「我要去小睡了。」

「你到底跑去哪裡？是不是跟巴克斯在一起？是不是去參加善良動物會議了？」

克勞德什麼都不說。

我好想知道他對我隱瞞了什麼。說什麼在他面前俯首稱臣，這又是怎麼回事？他說征服星球是很正常沒錯，但他從沒提過要統治**宇宙**。我的貓終於精神失常了嗎？

或者說，擔心這種事，我才是瘋了的那個嗎？我是說，克勞德喜歡吹噓他了不起的計謀，可是到目前為止沒一個成功的。

第 18 章

　　雖然我永遠不會對男孩妖怪承認這件事，可是回到地球算不上是徹底的折磨。主要是因為有剛從外婆妖怪那裡寄來的奶豆腐和其他美味的食物。而且，得知我不在的時候，人類差點死於憂傷，這點也相當令人滿足。

　　吃完東西，我上樓到男孩妖怪的睡覺平台去小睡。不過，一旦他開始氣呼呼的抱怨我近來無故失蹤，我根本無法休息。

　　我很高興看到我的人類有能力暴跳如雷，即使生氣的對象是我。也許他還有一點希望。

　　不過，被更低等的生物責備，實在讓我忍無可忍，我不想再多聽到一句話。於是，我從睡覺平台上一躍而下，前往地下掩體。

　　「欸，克勞德，」男孩說，「你能不能至少答應我，**別再**對我或我爸媽這樣了？」

　　「好啦。」我說完就離開了。

　　這當然是謊言。我很快就必須再離開，因為選舉活動即將在 250 個時間單位內（換算起來大概

是地球的三天），在宇宙一個遼闊遙遠的區域——**無垠**——的深處，一個無法透過蟲洞抵達的地方展開。

　　我雖然毫不在乎打破承諾（或誓言）。但我也知道，我並不想在回來以後，再聽到男孩妖怪爲了我不告而別呼天喊地。所以我需要找個人——或是東西——頂替我在碉堡裡的位置。幸運的是，我知道是哪樣東西。我只需要澎澎毛把它寄過來。

　　可是，首先我需要那個奴才把 AWESOME 會議的消息告訴我。

　　「告訴我，嘍囉，」我說，「有沒有動亂和流血事件？」

　　「有更棒的，噢至高大王！」他說，「自助大餐太好吃了。我是說，我們都吃過炙烤的拉沃爾克朗姆，可是油炸，而且還淋上牡蠣醬汁！噢天啊，最偉大的王，要是您，肯定會把二十盤舔得一乾二淨！」

　　「夠了，笨蛋！」我說，「首先，你害我肚子餓了。再來，我一定要知道誰是我在競逐皇帝寶座時，該擊垮的對象！」

　　澎澎毛對我愚蠢的眨眨眼。「等等，眞的假

的？**您是**善良動物團隊的候選人嗎？我還以爲那個計畫不會成功耶。」

「你現在總該知道，永遠不要低估神勇的威斯苛！」

「好吧，唔，我不知道您對這件事有何感想，噢崇高的陛下，」澎澎毛說，「不過 AWESOME 提名了利牙將軍。」

聽到這個消息，我用力的甩了甩尾巴。「是嗎？」我說，「眞是令人愉快的發展。」

「眞的嗎？」澎澎毛說，「我還以爲您會大發雷霆呢。」

「一點都不。AWESOME 竟然提名利牙這樣一個背信忘義、爪子鈍拙的野貓來當宇宙的皇帝，眞是可悲。不過，我倒是覺得頗有意思，因爲現在我終於有機會，擊敗我恨得牙癢癢的死敵。而這一回，全宇宙都會看在眼裡！」

「哇，太好了！」我的嘍囉說，「自信很重要。」

「在我的登基加冕典禮上，自助大餐唯一會上的菜，就是**復仇**。」

「等等，不會有炙烤史畢克布雷嗎？」

「這是比喻啦！」

「所以……那就表示還是會有史畢克布雷嘍？」

真希望我能直接掛他電話，可是我還有一個問題。

「告訴我，奴才，」我說，「X2 在我遠行的時候，依然還在運轉嗎？」

「唔，它需要更換新的裂變組，上頭的灰塵可能超厚，不過應該還是堪用。為什麼要問這個？」

「把你的羽毛撢子拿出來，澎澎毛，」我說，「因為 X2 有個新任務。就在地球這裡！」

第 19 章

「早安，戰鬥扁蟲們！」我們班級教室的電子白板螢幕閃了閃亮起時，艾美喬老師說。

「是書蟲們。」布洛迪提醒她。

「隨便啦！」她說，「某人跟我說，你們有人今天下午第一次參加籃球季賽。是嗎，27 號先生？」

我在椅子上往下縮起身子。

「加油，樹蟲！」她說，「加油，瑞奇！」

「**是拉吉。**」我更往下縮。

不過，其實我等不及要參加這場球賽了。我覺得我一直盯著時鐘，看著分分秒秒走過，最後終於站在球場上，跟球隊的其他隊員一起暖身。

練習投籃以後，教練把我們叫過去，對我們賽前信心喊話。講的重點在於攜手合作、互相溝通，我真希望我可以錄起來給蟒蜥聽。拿破崙的報告，她**還是**什麼都沒做，而我已經讀了兩本關於那傢伙的書，開始準備幻燈片資料。

哨聲響起，比賽開始。觀眾席雖然沒坐滿，但

人潮還是多到讓我緊張。我可不想在這麼多人面前出醜。第一節我沒機會上場，不過教練要我在第二節下半場負責開球。我立刻穿越球場，傳了個不錯的球，然後很快意識到，我不會害自己丟臉。會讓我丟臉的，是我爸。

　　爸在觀眾席裡跳上跳下，只要我摸到球，他就大呼小叫。最糟的是，我抵達罰球線的時候，爸就會高聲吶喊：**「拉吉，拉吉，找他就對了！如果他辦不到的話，沒人可以了！」** 很難一面翻白眼一面丟罰球，可是我辦到了。

　　我們隊最後贏了十一分，在更衣室裡大家紛紛擊掌。我走出去的時候，爸臉上掛了大大的笑容等著我。媽也是。

　　「噢，拉吉，剛剛那個比下棋還刺激。」她說。

　　爸給我一個大大的擁抱。他氣喘吁吁，全身是汗。「老天，替你加油還滿費體力的！」

　　我們走去開車的時候，蠑螈走了過來。「打得真不錯，拉吉。」她說，然後作勢要跟我擊掌。

　　我準備去拍她的手心時，她卻把手抽走了。

　　「不過，你的反應速度還得加強。」

第 20 章

「噢，大王中的大王，X2 可以進地球的大氣層嗎？」我的嘍囉問。

父母妖怪出門去參加男孩妖怪的運動競技，碉堡終於清空了。「派他下來。」我對通訊器說。

才過幾秒鐘，小太空船便抵達後院的預定降落區。觸地以前，先放慢速度到盤旋狀態，然後開始轉變型態。它的機翼是用堅不可摧的斐碼基合金製成，往內折起之後，露出柔軟的灰色毛皮。飛行器的降落裝置轉化成四條腿，推進器則由柔韌有彈性的豐厚尾巴所取代。最後，鼻椎的部分則變成了一張得意和高貴的臉。

我的臉。

那隻機器貓眨眨眼。「哈囉，噢無所不能的主人。」那個聲音聽起來像我的，但其實是澎澎毛在說話。他負責從砂盆星控制 X2。

我的奴才在我還是砂盆星的至高領導時，難得展現過人才智，設計並打造了這個威斯苛複製品，以便阻撓所有企圖暗殺我的敵人。光是艾克隆上校

就被這個詐術騙過幾十次。

「你還記得有一次，艾克隆憑空冒出來，嚷嚷說：『終於讓我堵到你了，威斯苛！我復仇的時候到了！』嗎？」澎澎毛說，「噢，當他意識到自己砍掉的，其實是機器貓的腦袋，臉上那個表情啊！」

「就是可愛。」

當然啦，在地球上，X2 扮演的角色更簡單：他會當我的替身，這樣妖怪就不會知道我離開地球了。

我帶澎澎毛參觀了整座碉堡，讓他看看奇怪的人類發明，像是廚房椅子，「那是因為他們身體的設計太差，無法在不靠協助的狀況下坐在地板上。」

「哇，真為他們感到遺憾，」我的嘍囉說，「嘿，那是什麼聲音？聽起來像是史波辛反向推進器。」

我嘆口氣。「那是來載我的。」

鈍爪砰砰衝下地下掩體的階梯，然後──

「嘿，好老弟！我來接你囉。下一站，無垠！」巴克斯對著我愚蠢的喘氣。然後，那個白痴注意到了機器貓。「哇──現在有兩個你嗎？麻煩大了，我看東西竟然有重影！」

為了統治宇宙，看我得吞忍多少事情。

第 21 章

我正準備反駁蠑螈時，爸走了過來。

「拉吉，這是你在學校的好朋友嗎？」爸問。他伸出手。「嘿！我是克里胥・班內傑，超級高興認識你！」

「噢，我知道你，班內傑醫師。我看過你的廣告，」蠑螈說，然後用手指比槍，指著我爸，「城裡來了個新牙醫！」

我和媽都苦叫了一聲。我們才剛搬到這裡的時候，爸為了招攬生意，就在當地的報紙刊登一堆廣告。廣告裡，他戴著牛仔帽，兩隻手各拿一把電鑽，下頭寫著：**懸賞：美妙的笑容。**

「你滿出名的啊。」蠑螈說。

「你人真好。」

我爸臉紅了嗎？蠑螈顯然在開他玩笑。

「呃，我等下到**車上**跟你們會合。」我說。

媽摟住爸的腰說，「來吧，克里胥——讓拉吉跟他**朋友**獨處一下。」然後對我眨了眨眼。

她以為我喜歡蠑螈嗎？好噁！

他們越走越遠，蠑螈說了出乎我意料的話。

「欸，前幾天很抱歉，」她說，「我溜滑板去買披薩，跌了個狗吃屎。有個路人不得不停下來，幫我貼 OK 繃。」

她捲起牛仔褲讓我看她的左膝。那裡只有一處結痂，四周的皮膚泛著紫藍色。這個**才叫**噁心。

「我本來要打電話給你，可是手機沒電了。」她補充。

我無法決定要不要相信她。我是說，這種事她又何必說謊？唔，只是她老是騙我。

「我明天放學去你家好嗎？」她說，「我準備認真做點事情了。」

「好啊。」我聳聳肩說。眼見為憑，等我看到才會相信。

第 22 章

「天啊！我超愛公路旅行，你喜歡嗎？在太空是沒公路啦，可是反正你懂我意思，」巴克斯說，「你難道不希望把頭探出窗外，好好聞一聞宇宙的味道嗎？」

「在外太空不能呼吸啦，你這個吐著舌頭的傢伙。」我說。

巴克斯的尾巴揮打著椅背。「真不敢相信我們要去**無垠**了——這一切的起源！不管是貓是狗，我們都是從星辰來的！噢，克勞德，我現在覺得跟你有好深的羈絆。」

我往自己的杯架吐了。

我們高速飛過了石英星雲，以及維索吉恩超星系團，可是當我們來到哈基洛特小行星帶，巴克斯放慢飛行速度。

「你為什麼要停進這片荒地？」我質問。

巴克斯解開太空安全帶。「我要對一點東西抬腳。」

「你在三十萬光年以前就做過了！」

「抬腳的時候一到，就是要抬腳，」巴克斯打開空氣鎖說，「況且，這裡可能是尚未標記的地盤！」

要是我可以把這個蠢蛋丟在這裡就好了。

等待的時候，我開始思考等我成了皇帝可以做些什麼。當然要把我的敵人關進大牢、羞辱一番，可是還有什麼呢？讓所有生物天天向我宣誓效忠？啟動自己的「恐怖統治」？我確實喜歡這個稱呼。

「喔，我現在舒坦多了，」巴克斯回到了駕駛艙說，「而我之前感覺就已經夠棒的了。我是說，你跟我協力合作，在宇宙散播誠實和良善，不是很不可思議嗎？」

對，是滿不可思議的。每次我只要想到巴克斯不可能更無腦時，他都會證明我想錯了。

「別再嘮嘮叨叨，快點駕駛這個東西，」我說，「我們要遲到了。」

巴克斯瞥了瞥儀表板，再用後掌搔搔腦袋。「唔，那個討厭的柯佩克銀河到哪去了？我覺得到現在應該已經過了……」他瞇眼瞅著眼前那片冰凍的黑暗，舌頭垂在嘴外……「說真的，如果我們可以打開這扇窗戶，會好很多。」

「我們迷路了嗎？」我大喊，「你怎麼會**迷路**？你沒把地圖應用程式打開嗎？」

巴克斯對我歪著腦袋。「哎唷，克勞德，這麼接近**無垠**，是沒有導航系統的！而且我從沒來過這裡。」

「那我們要怎麼搞清楚方向？」

「我通常靠味道。我是說，在星球上，什麼事情鼻子都曉得，好兄弟。可是在太空呢？就像好狗大師說的，**相信自己的直覺，就會找出真正的道路**，還是說會**找到骨頭**？我永遠都搞不清楚。」

「告訴你，你該搞清楚的是什麼——前往**無垠**的道路！」我吼道，「現在別再講話，開始動身！」話一說完，巴克斯便按下推進器，我們開始加速。

第 23 章

　　比賽過後，我們吃剩菜當遲來的晚餐。阿己寄來的食物就剩這些，我納悶微波爐一開始運轉時，克勞德為什麼沒衝過來。起初我很高興，這樣我就不用分他吃。可是我開始擔心，他該不會又不告而別，跑出地球了吧？

　　「我不得不說，蠑螈看起來真的滿甜的。」爸喝了口蔬菜湯說。

　　「我可不會用『甜』這個字來形容她。」我說。

　　「說起甜，」媽說，「我想我們應該來點好吃的，慶祝你的第一場比賽。」

　　在媽的心目中，「好吃的」通常就是在綠茶裡加一滴龍舌蘭糖漿。所以，當我發現她買了一盒薄荷巧克力碎片冰淇淋，真的好興奮。我們在客廳裡各自捧著大碗享用，這時克勞德走進來，跳上了沙發。

　　在爸**旁邊**。

　　「嘿，小兄弟！你想念克里胥了，對嗎？」

　　我以為克勞德至少會對爸哈氣，可是他竟然只

是蜷起身子、閉上雙眼。甚至沒試圖搶吃冰淇淋！

「他顯然很開心回到家來，」媽說，「離家那麼久一定很可怕。有時候，那樣的體驗會改變動物的性格。」

我發現我很難相信那種狀況會發生在克勞德身上，況且他又不是不小心走丟，而是跑到別的**星球**去了。

「可憐的小傢伙，」爸說，「嘿，拉吉，看看這個！他竟然讓我搔他肚皮耶。」

克勞德狀況還好嗎？太空旅行是不是搞壞他的腦袋了？

後來，我上樓去睡覺時，克勞德就躺在床鋪中央。

「你每天晚上一定要這樣嗎？」我說，「能不能請你移過去？」

「抱歉，」他說，急忙移到了床鋪邊緣，「這樣好點了嗎？」

我真不敢相信我的耳朵。「克勞德，你剛剛竟然那麼客氣？你按照我的要求做？」

克勞德對我眨眨眼。「呃……剛剛弄錯了，」他說，「我想說的是……**這個床鋪是我的，你**

這個沒用的奴才妖怪人類！好了，呃，我得走了。不要跟著我，無毛的蠢蛋！」

　　克勞德消失在走廊上，我納悶媽是不是說對了。也許出一趟遠門，真的改變了克勞德。

第 24 章

　　雖然古貓曾經指出，狗族擁有極佳的方向感，但眼下這條狗卻又害我們迷路了。在巨型星雲那裡轉錯彎之後，巴克斯害我們被困在一個氣態行星的引力裡。我們繞著它巡遊三次時，他不停講著愚蠢的放屁笑話。當他說「我來秀一個愛放屁的胖子給你看，**汪、汪**」，我得努力克制自己，免得用他的太空頭盔敲死他。

　　我們好不容易抵達無垠時，巴克斯興奮得氣喘吁吁，帶路朝著終點飛去：時代神殿。

　　時代神殿建造在冷卻矮星的烏黑表面上，崇高的全知議會以此為根據地。關於這十二個至高存在體的一切幾乎保密到家，包括他們是什麼物種。（不過想也知道他們肯定是某種貓族）。議會掌握了宇宙的無數奧祕，會選出宇宙下一任皇帝的，正是他們。

　　會屏雀中選的顯然是我。

　　我們趕往神殿時，看到成千上萬的生物聚集在**永恆之梯**的底部。典禮已經開始了。

「我們肯定錯過了**星球宣誓**，還有**星光燦爛的宇宙大合唱**。」我低嘶，「都是你。」

巴克斯的尾巴垂了下來。「噢，我本來想跟著嗥叫副歌的部分。」

更重要的是，我慢了一步，來不及在永恆之梯頂端，跟其他提名人會合。我幾乎不敢相信有這麼多候選人，把整個平台擠得水洩不通，唯一能找到的站立空間就在我死敵旁邊。

利牙看到我的時候，驚訝的瞪大眼睛。然後那個壞蛋開始竊笑。

「我本來很期待當著全宇宙的面羞辱你，」他說，「可是那件毛衣已經替我省了力氣。」

我正準備開口不留情的痛罵他時，卻趕緊忍住了，因為這裡有不少 GAG 大貓熊。這些黑白配色的純真傢伙可是讀脣語的高手。

「我……非常……喜歡這件毛衣，」我說，「你這樣嘲笑它，傷了我的**感情**。」

利牙的耳朵往後平貼在頭上。「耍這種花招，即使是你，也有失身分，威斯苛。」他低嘶。

「你們好啊，你們好，」一隻河狸說，把腦袋探進我們之間，「我叫 Q 比布！所以你們也想當皇

帝是嗎？嗯？唔，我是進步黨的半水生齧齒動物候選人。能夠跟你們共襄盛舉，備感榮幸，在這麼偉大的——」

「**聽好了，宇宙的眾生物們！**」有個聲音響了起來。

我的敵人一看到說話的人是巨大的長毛布拉諾克斯，立刻警覺的炸膨了尾巴。不過，那頭熊幾乎驚擾不了我，畢竟我都跟人類一起生活過了。

「身為全知議會的至高守護和保護者，我歡迎今日穿越時空，來到此地的諸位，」她宣布，「我在此宣告帝王選拔活動正式登場！」

群眾齊聲吼叫，我的毛皮竄過陣陣興奮的哆嗦。就要開始了！再過不久我就會見到全知議會，在他們面前證明自己。我這輩子都在夢想這一刻！

「在這些永恆之梯上站著所有生靈的未來統治者！」布拉諾克斯吼道，「可是會是誰呢？波溫特斯，來自自由漫步協會的顯赫水牛？」一陣響亮的足蹄聲。「或是古婁，來自粗獷個人主義社團的野性狼獾？也許是芬克斯，社群媒體酸民聯盟的狡猾黃鼠狼？」

就在布拉諾克斯一個接一個的介紹提名人時，

掃視群眾，想找 AWESOME 的成員。我先看到佐歌大元帥。當然了，要漏看一條真鯊——兩條腿、三噸重、銳如剃刀的 794 顆牙——**並不**容易。她隔壁是史帕吉歐那個賞金獵人，他老是在軍閥自助大餐上狂吃猛吞，跟頭豬似的。（他是頭公豬沒錯，但也不該這樣吧。）接著我瞥見艾克隆上校毛茸茸的尾巴。他對上我的視線，然後以熟知內情的冷笑回應。

等我成為皇帝之後，他永遠別想再冷笑！

不過，實在**好**可愛。

布拉諾克斯的下一段介紹，引起了我的注意。

「也許我們的下一位皇帝會是**利牙將軍，**」她聲如雷鳴，「他代表**邪惡、破壞、壓迫、更多邪惡的軍閥聯盟出馬角逐。**」

這番介紹迎來了響亮的嘶聲，至少從我這邊。

「最後要介紹的候選人是另一隻貓族，這隻代

表**善良動**——等等，這樣對嗎？」布拉諾克斯往下查查筆記，然後搖了搖頭，「代表**善良**動物團隊的是克勞德！」

雖然聽到自己被這樣形容，我的臉抽搐一下，但太空狗群開始放聲長嗥表示贊同時，我的臉抽搐得更厲害。

「**汪、汪**，克勞德。」利牙低語。

我還來不及反應，布拉諾克斯就舉起巨大的一掌，示意大家安靜。

「好了，宇宙中的動物們，時候到了，」布拉諾克斯緩慢莊重的說，「**帝王選拔就此登場！**」

第 25 章

練球完回到家大約半小時左右，門鈴響起。

「也不必這麼驚訝的樣子吧，」我開門的時候，蟋蟀說，「我跟你**說過**，我會過來弄我們的報告啊。」

「啊，對，」我說，「進來吧。」

我們走進廚房，然後我打開筆記型電腦，讓她看看我到目前為止做完的東西。

拿破崙 · 波拿巴
1769 年出生於科西嘉島。上完軍事學校之後，1785 年他在法蘭西軍隊晉升中尉。

「看起來滿好的，」蟋蟀說，「可是你知道怎樣會更好嗎？用不同的字體。」

「咦？」

她把我撞到一邊，開始亂弄我的幻燈片，更換字母的色彩、大小和形狀。

　　「而且你需要驚嘆號，」她說，「有了驚嘆號，所有的文字都會變得更有趣。」

拿破崙　·　波拿巴

1769 年出生於科西嘉島。
上完軍事學校之後，

1785 年他在法蘭西軍隊
晉升中尉！！！！

　　「呣，我不確定我們現在是不是該擔心那種事。」我說。

　　「當然是了，」她說，「你得在**視覺上**抓住大家的注意力。」

　　蠑螈又做了個變動，那些字母變成綠色，彎彎曲曲。

　　「看起來好嗯。」我說我只做了十張幻燈片，我們總共需要五十張。

　　「唔，我猜你最好繼續編寫。」

就在那時，我完全可以體會克勞德對敵人的感受。「好吧，那可以把電腦還我了嗎？」我問。

　　蠑螈悶哼了一聲，回頭去試不同字體。我正準備從她手中搶走筆電時，克勞德走進了廚房。他看到蠑螈時，竟然走過去蹭她的腿。他幹麼**那樣**啊？

　　「把你的貓從我身邊抓走，老兄，」蠑螈說，「我過敏。」

克勞德幾乎面帶歉意的轉開身子，然後跳上流理台。

「嘿，你最後一張幻燈片講的為什麼是法國大革命？」蝶蝘說，「那時拿破崙幾乎什麼都還沒做。」

「剛就跟你說過了，我們還需要**四十**張啊！」我說，「如果你什麼都不打算做，至少不要批評，可以嗎？」

她終於把筆電還我，好讓我開始弄新的一張幻燈片。

接著蝶蝘說：「呃，我對貓知道得不多，可是他們的腦袋通常會那樣轉嗎？」

「你在說什麼？」我說，抬起頭就看到克勞德衝出廚房。

「你貓的腦袋剛轉了 360 度，」蝶蝘說，「真的。」

「對啦，最好是啦。」我說，手還忙著打字，我才不會再上她的當。

第 26 章

　　時代神殿裡一片幽暗，但可以從腳步的回音判斷，整個廳堂偌大無比。我優越的貓族眼睛逐漸適應——可是全知議會在哪裡呢？

　　最後，布拉諾克斯停在神殿地板上一個看起來像是活板門的東西那裡。「希望你們都準備好了，皇位候選人們，」她說，「在這個閘門下，你們會進入全知議會的密室後，將會面對過去所有皇帝人選所面臨過的同一批考驗。也許你們聽過……**三種試煉**？」

　　在我身邊的 Q 比布倒抽了一口氣但試圖遮掩。三種試煉赫赫有名。雖然沒人知道到底是什麼，但我推想至少有兩個會濺血。

　　布拉諾克斯抓住活板門的把手，停下來冷冷的看著我們。「如果你們當中有任何一位對外談起在裡頭的經歷，我誓言追殺你們到底，砍掉你們的腦袋！」然後露出齜牙咧嘴的笑容，「現在好好享受吧。」

　　我確定我欣賞這個布拉諾克斯。

　　第一個穿過活板門的是，營養素食社團的花栗鼠代表努克努克。

　　「更像是**可口獵物雜燴**吧。」利牙低語。

　　不得不承認他**還滿**幽默的。

　　不過，即使我們嘲弄努克努克，我也想知道她面臨的是哪三種試煉。更重要的是，她狀況如何？

　　當努克努克再次出現時，她的眼神呆滯，鼻子

失控的抽動著，彷彿歷經了一場極為恐怖的旅程。

太好了！這隻花栗鼠看來一敗塗地。

「**下一位**。」布拉諾克斯吼道。

狼獾興沖沖的進了密室。好幾個時間單位過後，他再次現身，像個空殼似的啜泣著，被兩頭較小的布拉諾克斯守衛帶走了，就像努克努克之前那樣。

更多候選人進去了，回來的時候全都徹底崩潰。不管他們面對過什麼樣的試煉，我知道我自己都會更英勇。

「威斯苛，老朋友，」利牙惆悵的說，「這些年來，我們在多場競賽裡對決過，是吧？」

「啊是的——你記得我們還是小貓時的戰鬥飛行競賽嗎？」我沉吟，「就我記得的，我從來沒輸過。」

「我寧可回想**雄辯奧林匹克**，」利牙說，「你贏過任何一場**金舌頭競賽**嗎？」

「說得好像有誰在乎那種不重要的賽事一樣！」

我們就這樣進行了幾個小時的爭論，在無止無盡的等待中，用這種方式自娛倒還滿愉快的。我迫

不及待想上場，但每一回布拉諾克斯都叫了別的候選人，令我相當失望。終於，在異味腺體噴發社團的臭鼬（她的皮毛現在變成全白）之後，只剩下兩位候選人了，我和利牙。

　　遺憾的是，布拉諾克斯接著叫了我的勁敵。他跟議會較勁的時間比其他候選人都久，我開始擔心他表現得可能不錯。更令人憂心的是，他穿過活板門再次現身時，看起來並沒有完全崩潰。

　　「輪到你了。」他對我咆哮。

　　終於該我上場了。布拉諾克斯替我撐開活板門，我們兩個往下降到了更深的黑暗。到了底部，我們來到另一扇門那裡。

　　這頭渾身是毛的熊用權杖指著我。「這道閘門的另一邊是宇宙中最古老也最有智慧的生物，見到他們可能會讓人痛哭失聲，」「準備拜見……**議會**！」

第 27 章

　　我的歷史老師也是女子籃球校隊教練，所以練完球後，我走過去問她能不能單獨完成報告。

　　「蠑螈到現在什麼都沒做。」

　　「我相信她一定已經盡力了。」馬奎德老師說。

　　「真的沒有，」我說，「到目前為止，她頂多只是亂換字體、顏色，用繪圖軟體在拿破崙臉上畫大大的八字鬍。」

　　「欸，就這樣的報告來說，最重要的不見得是歷史，」她說，「重點在於協力合作，學習怎麼跟我們不一定合得來的人共事。」

　　這種回答真的不是我想要的。

　　回到家後，我把背包丟在前門旁邊，一屁股坐在廚房椅子上。克勞德正在流理台上打盹，可是我一走進去他就睜開眼睛。

　　「你一直有很多敵人，」我對他說，「可是你有沒有過這種經驗，嗯，就是不得不跟其中一個**共事**？」

「敵人？」克勞德說，「我沒有敵人啊。」

「你說你沒敵人，是什麼**意思**？」我說，「你明明一直在說大家都怎麼背叛你什麼的。」

克勞德眨眨眼。「噢，對，我本來是要說，我有很多、很多敵人！那個利牙！他是最惡劣的！噢，他真是卑鄙**至極**！」接著他稍微哈了氣。「另一方面來說，我的同事澎澎毛，長相俊美，聊起天來心曠神怡。我想應該有更多貓欣賞他的忠誠和聰慧。對我來說，他就像親兄弟，是我最好的朋友。」

根本不像克勞德會講的話。

我伸手摸摸他的額頭——貓也會發燒，對吧？——然後他還真的讓我摸他額頭。可是他的皮毛沒有暖度，涼涼的，甚至可以說是冷的。

「克勞德，」我說，「你到底怎麼了？」

他再次眨眨眼。「什麼？沒事啊！」

接著他的腦袋開始打轉，眼睛噴出雷射光，害得廚房垃圾桶爆出火焰。

呃噢！

哦喔！

糟——糕。

第 28 章

　　打開巨門時，我以為會看到一座華麗閃亮的廳堂，一批星際大熊組成的菁英守衛，以及十二個長鬚貓族坐在金製成的貓掌寶座上。結果，我發現自己竟然置身在陰暗潮溼的洞穴裡，面對十二個大大的……

岩石？

　　「全知議會的耆老們，」布拉諾克斯宣布，「我向諸位介紹：**克勞德！**」

　　耆老？什麼耆老？布拉諾克斯似乎在跟石頭講話。

　　接下來發生的事情，讓我背脊的汗毛直豎。那些石頭竟然長出腳來，還有無毛帶鱗的腦袋！

　　宇宙祕密的守護者根本不是貓族，而是**烏龜**！

　　烏龜？不可能吧！全宇宙都知道，烏龜動作遲緩、生性懶散，更是胸無大志。我自己征服過大龜行星**以及**小龜行星，讓全體龜民淪為奴隸，而且在征服的過程中幾乎毫無抵抗。

　　我真心希望這些龜族不會跟我作對。

會議耆老開始朝我爬來，動作非常緩慢，起初我根本沒意識到他們在動。他們似乎一面跟彼此交談，但我無法理解他們的古老語言。

　　「他們在——」

　　「**安靜！**」布拉諾克斯命令，「只有他們對你說話，你才能開口。」

　　我壓下了一聲低嘶。也許我沒有自己原本想的那麼喜歡她。

　　「議會憑藉他們無限的智慧，針對每個候選人量身打造試煉的內容，」她說了下去，「你的第一項試煉，貓族，跟**技能**有關。」

　　這真是好消息，因為我對各個事項都很專精——尤其是關於暴力的那些。我幾乎可以感覺到自己磨爪霍霍。

　　烏龜們跟布拉諾克斯商談，後者接著轉向我。

　　「議會決定了你的第一項任務，」布拉諾克斯說，「那就是要**唱歌**。」

　　「唱歌？」我重複，「唱什麼？」

　　「不要問那麼多！不管議會下達什麼指令，照著做就對了。而他們的指令是：**唱歌！**」

　　真荒謬！不過，換個角度想，真幸運。我的

歌喉長期以來備受讚譽。我會從昔日的偉大長嗥開始，再來呈現更現代的曲風。最後，我會表演關於彈道學的一首活潑小調，是我在軍校時期的創作，當作我的終曲。噢，當時其他的軍校生愛極了！

我清清喉嚨，在心中找到開場的音高。我吸足氣，開了口。

「**啦──**」

「非常謝謝。」布拉諾克斯說。

「什麼？」

「我說，**非常謝謝**。」

「可是我連一個音都還沒──」

「**安靜**！」布拉諾克斯下令。

我只能再次壓下自己的嘶聲。

爲了平撫自己的情緒，重新凝聚心神，我決定來一場集神小睡。可是，我才剛閉上眼睛，那個巨大的布拉諾克斯就再次大喊。

「**不許小睡**！」

「不許……**小睡**？」

等我成爲皇帝，我會把這頭渾身疥癬的大熊，放逐到黃鼠狼銀河去！

第 29 章

「哎唷！」克勞德說，煙霧從垃圾桶升起，「都是我的錯。」

這**不可能**是克勞德。首先，如果克勞德眼睛可以發出雷射光，他老早拿出來用了。再來，他**永遠不會**說，「都是我的錯。」

「你是誰？」我用力踩熄火焰，一面大喊，「你到底是**什麼東西**？」

那個武器化的貓咪裝置轉向我，我縮身躲到冰箱後面，免得它又噴出更多雷射光。

「你從哪來的？」我喊道，「你把克勞德怎麼了？」

接著，那個東西開口了，聲音再也不像克勞德。「該死，我的身分曝光了。」它嘆口氣。「至高領導肯定會很氣我！」

「你是誰？」

「拉吉，我是澎澎毛。」

「澎澎毛？」我說，「克勞德的嘍囉？」

「不得不說，我真的不喜歡那個叫法。我更喜

歡**同事**或伙伴，或是**死黨**！」

「克勞德發生什麼事了？」

「別擔心，他沒事。」那個機械克勞德眨眨眼。「我是說，我**想**他沒事。至高王者的狀況很難說得準。」它的腦袋再次旋轉，喀答作響。

「所以你是機器人嗎？」我說，「我還以為你是真貓。」

「我是啊！這是 X2，跟偉大領導長得一模一樣的機器貓。我在砂盆星上操縱它。偉大君王叫我把它送到你家，這樣——嗯，他當初怎麼說的？噢對了。這樣**那些白痴妖怪就不會知道，我離開他們那個沼澤似的悲慘星球了。**」

這語氣聽起來就像克勞德，但我還是不知道他的下落。

澎澎毛解釋，克勞德跟巴克斯到**無垠**去了，聽起來很遙遠，而且超級可怕。

「噢，別緊張，小妖怪，**無垠**是宇宙的原始搖籃，距離只有一蹦、一跳，加上幾十億光年，」澎澎毛說，「大家都聚集在那裡，就看誰會被選中，成為宇宙的下一任皇帝。」

「什麼？」

「你知道的，就是統領所有生靈的動物，學校沒教過嗎？」

「呃，沒有。」

「哇，大王說得沒錯——你們的學校真的一無是處，」澎澎毛壓低嗓門說，「總之，大領導正在競選皇帝！」機器貓腦袋一偏，眨了眨眼，兩道雷射光又從它的眼睛噴出，燒黑了廚房餐桌。

「住手！」

「抱歉，X2 好像有點失靈，」澎澎毛說，「我想地球的磁場會干擾我的控制。」

「我想知道更多這個皇帝的事情，」我說，「不過，在這隻機器貓燒掉我家以前，你必須告訴我該怎麼修理它。」

第 30 章

　　布拉諾克斯跟全知烏龜們經過漫長的商討之後，宣布了我下一項試驗的內容。

　　「第二項試煉是**智慧**的試煉，」她說，「為了評定你是否能當個公平正直的皇帝，你必須回答一個關鍵問題。」

　　我的心思馳騁——會是什麼樣的問題？監視自己公民的最佳措施？何時必須羞辱你的手下？臣民必須在你面前俯首，將你當成不朽的神祇？這就是任何稱職的統治者必須回答的問題。

　　「議會現在就要提出至關重要的問題，」布拉諾克斯說，再次用權杖指著我，「**為什麼**？」

　　我眨眨眼。

　　「可以再說一遍嗎？」我問，「我想我一定漏聽了什麼。」

　　「這個問題是……」布拉諾克斯誇張的頓住，此時將權杖高舉過頭，「**為什麼**？」

　　「什麼為什麼？」

　　「這個問題只是……**為什麼**？」

這是什麼啞謎？我怎麼可能回答模糊到這麼荒唐的問題啊？

「我在想，你能不能多給我**一點**方向？」我盡可能客氣的問。

「**不要質疑這個問題！**」布拉諾克斯吼道，「陳述你的答案，貓族。議會不耐煩了。」

我開始感到不自在了，不只因為這件討厭的毛衣。這個問題根本是胡言亂語！只是它不會是胡言亂語，因為這些帶殼爬蟲類是宇宙間最古老也最聰慧的生物。

他們想知道我為什麼想當皇帝嗎？貓咪為什麼明顯比其他生物優越？還是他們是想為史上所有以為什麼開頭的問題，尋求解答？

「議會想要得到回答，貓族。」布拉諾克斯咆哮。

我轉而面向那一排烏龜，他們難以捉摸的黝暗雙眼深深望進我的眼睛裡。

「**為什麼**這個問題，只能有一個答案，」我說，以我最有氣魄的語氣說話，「那就是……**為什麼不？**」

慢慢的，那些烏龜開始點頭。

真的**很慢很慢**。

第 31 章

「我有好多問題想問你，小妖怪，」我們在克勞德藏起的工具中搜尋時，澎澎毛說，「這個砂盆**眞的是**給地球貓便便用的嗎？人類眞的會撈出便便存起來？你們星球有些習俗還眞有趣。」

我終於在 VQ Ultra 底下找到了鉗子，克勞德當初試圖將這個虛擬現實頭罩，改造成心智控制裝置。

「那個以後再說，」我說，「我需要你先告訴我，怎麼關掉這些雷射眼睛。」

「首先，你必須摘掉我的腦袋。」澎澎毛說。

「好，」我說，「要**怎麼做**？」

「只要用力將鼻子壓進去，將耳朵往後推……這就對了！」他說，機器貓的腦袋啵的彈開。

我不得不承認，這有點令人發毛——尤其我把那顆腦袋放在桌上，它還繼續說個不停。

「現在把人工腦幹旁邊的螺栓轉開。」

我正要開口問在哪裡時，聽到樓梯頂端的門開了個縫。我僵住不動。

「拉吉！我知道今天是星期五，可是現在已經很晚了，」媽呼喚，「你得上床睡覺了。」

「不要下來！」我說，用東西蓋住那顆跟身體分家的腦袋，「我是說，我等一下就上樓了，可以嗎？我正在忙我的⋯⋯呃，拿破崙報告！」

「噢，如果是功課，就沒關係。」媽說完便再次關上門。

「好險。」貓頭在毯子下面說。

跟克勞德一起打造瞬間移動機，跟澎澎毛共事，兩者簡直天差地別。首先，澎澎毛不會對我大呼小叫，即使我搞不清楚哥希克微促動器。

「現在，連上 Z 節點，然後拴牢——」

機器貓的超利爪子開始伸進伸出。

「呃，澎澎毛？」

「哎唷，弄錯節點了，」澎澎毛說，「你最好先把它們關掉，免得它把你的皮肉從骨頭上扯下來。Z 節點在你左邊六十五度。」

到了這時，我已經緊張到汗如雨下，不過最後終於成功解除了利爪跟雷射功能。

「老天，妖怪，」那個腦袋說，「你真是個優秀的機器人技師。我不知道克勞德為什麼把你形容

得一無是處。」

　　「他對誰都沒好話啊，」我說，「可是他不是
真心這麼覺得的啦。」

　　「噢，不，」澎澎毛說，「他是真心的。」

　　我頓住。「可是，如果他講的那些難聽話都是
真心的，那他不就是個可怕的皇帝嗎？」我說，「還
是說，到時他不會真的統管整個宇宙。」

「唔，過去幾千年來，大多皇帝都採取放任主義，可是你也知道這位全能大王——可能會想做些瘋狂的事，像是流放所有的犬族，要求所有的生物在毛皮上剃出他的大名。」

「他會回地球來嗎？」

「我**很**懷疑，」澎澎毛說，「我是說，他何必回地球呢？這個地方根本是個恐怖秀！唔，我是說，對**你們**來說是不錯啦。總之，我們準備把腦袋裝回去了，所以……」

我嘆口氣，回頭工作。我只希望澎澎毛說錯了——關於很多事情。

第 32 章

　　布拉諾克斯跟全知議會商討的時候，呼嚕聲開始在我的胸口隆隆響起。其他候選人肯定都沒辦法這麼有智慧的回答烏龜的問題，或是跟我表現得一樣精采，即使只是一個清澈如水晶的一句話。

　　完成商議之後，布拉諾克斯肅穆的點點頭，轉回來面對我。「第三個也是最終的試煉，會展現你是否擁有統治者最了不起的特質：**膽識**。」

　　我們終於來到了戰鬥的部分！

　　布拉諾克斯湊了過來，低聲說：「告訴我，貓族，你準備好面對你最鄙視與畏懼的東西了嗎？」

　　「當然，」我說，「我鄙視一切，而且無所畏懼！」

　　「很好，」布拉諾克斯說，「那麼你肯定不會介意……**這個！**」

　　布拉諾克斯拿著權杖往地上輕敲三下。地震般的深沉雷鳴震動了房間，我腳下的地板出現了一道裂縫。當我驚訝的往後跳時，牆在顫抖，落石紛紛從天花板掉下。

好了，**這**倒是有趣。

我優雅的躲開一根墜落的鐘乳石，想知道我們站立的這整個死星是否會往內崩塌。真有趣！我愛極了跟地震有關的事件。

可是緊接著，布拉諾克斯用權杖再敲三次，搖晃和抖動停止了。地板現在變成了一個開口寬得能讓十隻貓跌落的裂縫。

我依然安穩站在紮實的地面上，發出呼嚕聲。簡單！

「既然我通過了第三項考驗，」我說，「我們開始安排登基加冕吧。我在想，我們可以抓幾千條犬族獻祭當作開場。」

可是，布拉諾克斯搖了搖頭。「測試根本還沒開始。」她把巨掌伸進了那個裂口，「**這**，才是測試。」她把掌子抽回來的時候，上頭滴著全宇宙最汙穢的物質。

水。

「什麼……」我支支吾吾，「他們要我用它做什麼？」

「全知議會希望你**進去**。」

我震驚的盯著那些烏龜。他們要我進水裡？這

些殘酷成性的惡魔！

通常我這樣形容是種恭維，可是這種酷刑，連我都不會拿來對付我最惡劣的敵人！

「就現在，貓族。」布拉諾克斯說。

我咬緊牙關。為了統治所有的造物，我什麼都願意做。連這個都是。

我們走到水邊。遲疑片刻之後，我探進一根前爪。

真噁心。我做好心理準備，將整個掌子伸進去。我隨即反射性的猛力抽了出來。

「可以了嗎？」我滿懷希望的問。

布拉諾克斯搖頭表示不。

「你一定要整個潛進去，」她說，「**徹徹底底**。」

她不可能是認真的吧！打從我第一次降落在地球上以來，不曾覺得這麼反感。沒有什麼──慘遭流放的夢魘、向狗族道歉的恥辱、被敵人欺騙的差辱──比得上這個。

我望向全知議會，尋求解救，但他們的爬蟲類臉龐不帶一絲同情。我別無選擇。

我憋住氣，縱身一躍。

可怕冰冷的水灌滿我的鼻子和耳朵，我的鬍鬚深惡痛絕的凝住不動。我既看不到——也無法呼吸！我的掌子瘋狂划動，一路扒回裂口邊緣，嘩啦啦噴濺著水，一面不停哈氣。

　　可是，當我離開那片暗黑液體，打著哆嗦，頻頻滴水時，那些烏龜再次點頭——我比之前更加確定自己勝券在握。

第 33 章

「嘿，拉吉，怎麼了？」史提夫問，螢幕閃過**遊戲結束**，「你今天打得真的滿差的。」

今天是星期六，我們在復古電動遊樂場會合。我通常都可以一路過關斬將，打到《小精靈》的香蕉級，可是今天我連草莓級都過不了。「我想我，呃，被整個歷史報告的事情弄得很難專心。」

不過，真正盤據我心思的，是想到克勞德可能永遠不回家了。可是，這有可能嗎？克勞德有可能成為宇宙的皇帝嗎？以善良動物團隊的成員身分？

這聽起來太瘋狂了，甚至令人無力操心，可是話說回來，我之前也才熬夜修理了害我家垃圾桶著火的機器貓。

「那《太空侵略者》呢？」史提夫說，「也許玩別的遊戲，你表現會更好。」

「你們乾脆跟我一起玩彈球機好了？」雪松說。

「你已經用完每星期的 3C 額度了嗎？」史提夫說，「你可以跟你爸媽說，這些電動遊戲老到根

本不算數。」

「不是啦，」她說，「彈球機就是更好玩。那空氣曲棍球如何？」

「嘿，看看那些小寶寶！」

我一轉身看到了蠍子。蠑螈難得沒跟在旁邊。這是不是表示，她正在家裡努力做我們的報告？

不大可能。

「你們哪個魯蛇想在《青蛙過河》，被殺個片甲不留嗎？」他說。

「那是拉吉最擅長的遊戲！」雪松說，「他會打垮你。」

「呃，我不確定……」我說。

「我跟你賭個冰淇淋，」蠍子說，「大的。」

「可是現在才早上十點半。」我說。

「怎樣？怕了嗎？」

「沒有，只是我還沒吃早餐，」我說，「他們這麼早就在賣冰淇淋了嗎？」

他們真的這麼早就在賣，真令人驚訝。遺憾的是，我最後不得不請蠍子吃巧克力香草雙色冰淇淋甜筒。他吃冰淇淋的時候，一直嘲笑我輸了。我開始納悶：如果克勞德成為一切的皇帝，能不能強迫蠍子對我好一點？

第 34 章

回到無垠旅館的 GAG 室，我舔掉了皮毛上的可怕液體，巴克斯求我透露一些在時代神殿裡的遭遇。

「他們以死要脅，嚴禁我們透露任何事，」我說，「可是，這樣說就夠了：其他候選人**不可能**表現得跟我一樣優秀。」

「如果你不能透露跟議會交手的經過，也許可以跟我們講個床邊故事，」巴克斯說，「你知道那個讓人許三個願望的魔法骨頭嗎？」

「噢，或是那個永遠不缺食物的碗？」另一個笨蛋狗說。

我開始考慮暴打眼前的每個犬族，這時一隻兔子衝了進來。「火炬點亮了，放出一群史提特比！議會已經通過決議。」

決議！我跳起來，四掌著地，直奔永恆之梯，加入候選人的行列。下方群眾萬分期待的喘著氣。

「加油，利牙貓！」佐歌喊道，「佐歌支持你！」

AWESOME 的其他成員發出喧鬧的喝采聲，GAG 動物們則彬彬有禮的鼓掌著，一隻兔子揮舞寫著**我們對你充滿信心，朋友克勞德！**的標語牌。

布拉諾克斯走出來的時候，將權杖舉在頭頂上。

「聽著，宇宙的生物們！」她吼道，「全知議會做出決定，公布宇宙下一任皇帝的時候到了。」

聚集在此的動物全都屏住氣息。

「Q比布！」布拉諾克斯嚷嚷，「進步黨的半水生齧齒動物，請上前來！」

整群暴牙害蟲發出勝利的呼喊。但這是什麼令人髮指的結果？那隻河狸竟然贏了？他比巴克斯還蠢耶！

布拉諾克斯再次舉起權杖，要眾人安靜。

「Q比布，」她說，「並**不是**你。」

我如釋重負嘆口氣，河狸腳步蹣跚、尾巴拖在地上的走開，利牙吃吃笑。

一個接一個，其他候選人的希望——牛、狼獾、花栗鼠——都粉碎了，最後階梯上只剩下我和利牙。

「你真好，小克，」利牙低嘶，「你排名**第二**。犬族跟人類妖怪都會以你為榮的。」

「贏的人一定是**我**，」我低嘶回應，「利牙，告訴我，在 AWESOME 裡選輸了要接受什麼懲罰？你會不會像奇克史布雷一樣被串起來，在火上燒烤啊？」

可是，利牙還來不及回答，布拉諾克斯就舉起了權杖，「好了，」她吼道，「宇宙的下一位皇帝會是……」

我的鬍鬚期待的抽動著。一定是我，非得是我不可！

全體群眾往前傾身，等著她宣布。可是，布拉諾克斯卻吞吞吐吐，布滿粗毛的臉龐掠過不自在的神情。

「……會是這兩個貓族**之一**，」她說，「這種狀況前所未有，不過，全知議會宣布雙方平手！」

不分勝負？怎麼可能？

布拉諾克斯轉向我們倆，聳了聳肩。「眾龜斷定，這兩隻貓在各個層面都勢均力敵。」

荒唐！這些眼珠如豆的蠢蛋竟然看不出，崇高的威斯苛跟營養不良、油嘴滑舌的小人有什麼差別。

「貓族們，」布拉諾克斯說，「沒必要哈氣。

全知議會以無邊的智慧，提出了解決之道。只有一個好方法可以判定誰是更優越的貓——貓族向來利用此法判定這類的問題。」

「你的意思是……」我開口。然後利牙插話，

「枝椏決鬥？」

布拉諾克斯點點頭。接著群眾放聲吼叫，用力跺腳，嘈雜到整個死星似乎再次搖動起來。

第 35 章

　　練完球以後，我馬上衝回家，因為今天是每週二的墨西哥塔可夜！我轉進我家那條街時，我可以發誓從一個街區外就聞得到玉米餅的香氣。可是當我踏進家裡時，不僅沒有塔可，連爸媽都不在。但流理台上有張紙條。

　　拉吉，我跟你爸要去聽一場物理學演講。冰箱裡有起司通心粉。愛你的，媽

　　噢，這個嘛——起司通心粉這個安慰獎還不錯。用微波爐加熱的時候，機器貓拔腿衝進廚房，跳上了流理台。

　　「給我一點那個。」機器貓要求。

　　「哈，」我邊說邊把熱燙的碗端出來，「你講話就像克勞德。」

　　我伸手要摸機器貓，可是機器貓拱起背來齜牙咧嘴。「把你的無毛細手從我身上拿開。」

　　我差點鬆手掉了叉子。「克勞德，是你嗎？你

回來了！」

「我看出你的觀察力跟以往一樣敏銳，」克勞德說，「現在給我一點那個淋了乳製品的麵食。」

「你要先道歉才行！」我說，「我真不敢相信你又離開了。而且還想用機器人蒙混過去。」

「噢，我**真抱歉**。」他語氣極盡諷刺之能事，然後開始吃我碗裡的東西。

我應該更氣惱的，可是他回家我就很高興了。

「所以，如果你回來了，」我說，「這是不是代表，你**不會**去當宇宙的皇帝了？」

克勞德哈氣。「完全沒有這個意思，妖怪！這只是意味著我的加冕典禮延遲了。還有一場決賽，我們回地球來受訓。」

「等等——『我們』回地球來，」我說，「誰是我們？」

「那個討厭的狗族跟我來了，」克勞德滿嘴食物，邊吃邊說，「很遺憾。」

我衝到院子裡。「巴克斯？」我呼喚，「巴克斯，你來了嗎？小子？」

他從樹叢裡衝出來，狂搖尾巴，跳上跳下，舔得我滿臉口水。

「我跟你說過我會回來啊，拉吉！」他說，「有網球嗎？」

「當然嘍！」我說。

我都忘了「我丟你接」有多好玩，還有巴克斯轉身躍起可以跳到多高。

「我一直在健身喔。」巴克斯說，得意洋洋的把球丟在我腳邊。

背後傳來哈氣聲。

「別再繼續這個令人厭惡的跨物種嬉鬧了，」克勞德說，「開始訓練的時候到了。就現在！」

「這番話聽起來不像善良動物的態度，」巴克斯說，「要不要來點**抱抱**？因為好心有好報，抓到笑點了嗎？」

「**抓到了**。」我和克勞德都哀哀叫。

我最後一次拋球給巴克斯接。他接球的技術可能更好了，可是幽默感還是遜的很。

第 36 章

　　雖然我希望盡快加冕即位，讓我可以永遠離開地球，不過對於在這個可悲落後的地方再過一週，我現在已經認命接受了。這個令人怒不可遏的延遲倒是有個好處：我現在有機會擊潰利牙，一了百了。

　　巴克斯堅持說他可以幫我一起訓練枝椏決鬥，這個想法真是可笑。除非我想學會怎麼流口水，否則這個一身金毛的蠢蛋沒什麼能教我的。可是接著我想到，巴克斯還有另一個用途。

　　「所以我要怎麼幫你，好老弟？」他說。

　　「站在那裡就好。」

　　「然後呢？」

　　「沒有了，」我說，「當我的練爪假人就好。」

　　男孩妖怪一臉憂心。「會傷到他嗎？」他問。

　　「別擔心，」巴克斯說，「那些小小貓爪傷不了我的。」

　　「練爪假人不會講話。」我說，然後發動攻勢。

　　飛行剃刀劃擊！五刀揮擊！我朝那個野獸的身側一次次出擊，可是他的毛皮厚到他幾乎注意

不到。他只是站在那裡，一直喘氣、猛搖尾巴。

　　接著，我對準那個狗族的口鼻，準備發動**重槌之爪**。

　　「嘿，臉不可以，克勞德。」他說。

　　「噢，不行嗎？那這個呢！」我朝著他潮溼的大鼻子，使出**月掌之襲**。

那笨蛋狗痛苦的呼喊很快變成了暴怒的嚎叫。我暗地在心裡暢快呼嚕，發動戰略撤退，衝上了一棵樹。

巴克斯緊跟在後，鈍笨的爪子抓著樹皮，狂吠不已，吠到那顆蠢笨的腦袋都要掉了。

「嘿，巴克斯！」男孩妖怪說，「別出聲！不能讓人知道你在這裡！」

巴克斯立刻蹲坐下來。「抱歉，拉吉，」他溫順的說，「就像好狗大師說的，**有時本能會勝過本意。**」

「你們乾脆休息一下好了，」人類說，「巴克斯，你想再玩一輪『我丟你接』嗎？」

「當然嘍。」巴克斯說，搖著尾巴，他們兩個往院子的另一區走去。

我心懷感激，因為我意識到，那條笨蛋狗除了當個有心跳的磨爪柱，用途並不大。在枝椏決鬥裡，我決戰的對象是個高等許多的生物——貓——而且是個專精喵柔術的貓。為了得到恰當的訓練，我需要不同的對練伙伴。

第 37 章

　　我在自習時間跟蟆蜥在圖書館碰面，可是我們的報告是我最不想面對的事情。我的大帝貓和太空巡警正在我家後面練習外星武術，這也太酷了吧。

　　另一方面來說，蟆蜥終於準備要集中心神了。結果證明，這並不是好事。

　　基本上，我獨自完成了幻燈片，所以我真心想要的，是她把我完成的東西看過一遍，然後稱讚我做得不錯。可是，她在翻閱那些幻燈片的時候，臉上卻掛著嫌棄的表情。

　　「這個好無聊，」她說，「需要加油添醋一下。」

　　「我覺得不錯了。」我防備的說。

　　「我知道什麼會讓它變更好，」她說著便抽出手機，「這個！」

　　她打開了一個叫**瘋狂電影預告片**的應用程式，開始播放她製作的影片。裡面有一堆她從網路下載的拿破崙圖片，不過加了很多戲劇化的橫搖和掃拍，以及配樂。接著是蟆蜥的旁白，是透過某種

變聲音效錄成，讓她聽起來很成熟，真的有點嚇人。

「**在某個所有希望都破滅的世界裡**……在那裡**恐懼統治了一切——有個男人拒絕放棄。他比其他人都矮小——但他旗下有批大軍……拿破崙！**」

拿破崙的最後一個圖片加了特效，讓他看起來彷彿渾身著火，接著斗大的立體字母出現，拼出他的名字。

「很讚吧？」

我無言以對。因為我有預感，我的歷史會被當掉。

鐘聲響起。「呃，我們明天再說吧。」我說著便抓起自己的東西，衝了出去。

回到家，巴克斯正坐在後院的大橡樹下面，抬頭盯著枝椏，耳朵朝前，葉子在他四周紛紛落下。我聽到可怕的嚎叫，然後某種灰色毛絨東西從樹裡暴衝出來。它砰的重重落在草地上。

「克勞德！」我大喊。

「別擔心，拉吉，」巴克斯說，「只是機器貓。」

「嘿，小妖怪！」X2 起身的時候，澎澎毛的

聲音傳了出來。機器貓腦袋的角度很奇怪，看來斷了一條腿。我知道 X2 只是個機器人，可是看起來還是好痛。不過，啾啾轉動幾次之後，X2 就嶄新如昔。

「唔，再來吧。」澎澎毛嘆口氣說，機器貓伸爪攀上樹。

「已經這樣一整天了，」巴克斯說，「澎澎毛頂多撐兩分鐘就會摔下來。」然後巴克斯仰頭對克勞德呼喊。「如果利牙的喵柔術跟澎澎毛一樣差勁，那皇帝寶座你幾乎已經到手了！」

克勞德從樹葉之間探出腦袋。「利牙是喵柔術大師，」他說，「跟這個笨手笨腳的手下一點都不像！澎澎毛打鬥起來根本不像戰士——而像電腦工程師。」

「我**是**電腦工程師沒錯啊，」澎澎毛說，「所以我當初在學院的時候被當掉喵柔術課，也不是沒原因的。如果我不夠好，您應該換個練武搭檔，噢全能的惡霸！」

「嘿，你們，」我說，「由**我**來如何？」

「你？」克勞德說，「你比這條太空狗還大、還笨拙，而且你的外皮太脆弱了。」

「不是啦，」我說，「要是我用 VQ 頭罩來操縱機器貓呢？我敢說澎澎毛在兩秒中之內就能寫出程式。這樣就像電玩！你知道我對《**忍者格鬥戰士**》有多在行。」

「唔，至於喵柔術，你再怎麼樣都不可能比澎澎毛差。」克勞德咆哮。

「可能吧，」巴克斯說，「請別介意，澎澎毛。」

「沒事！」澎澎毛說，「我寧可寫程式，也不要從樹上摔下來。」

「那就快弄吧。」克勞德說。

巴克斯轉向我，喘著氣。「聽來我們又有時間可以玩你丟我接了！」

第 38 章

　　我的嘍囉一旦成功將 VQ 連上機器貓，X2 就由男孩妖怪負責操控。令人意外的是，他操縱機器貓和學習貓族武術，竟然這麼快就上手了。雖然我曾經聽母親妖怪說他對電玩「過度沉迷」，「沒有產值」可言，但顯然教了他一些實用的技巧。

　　父母妖怪下班回來之前不久，巴克斯和機器貓躲進地下掩體。我經過復甦小睡之後，也走進了地下掩體，等待男孩妖怪帶糧食來給我們。

　　「我爸媽在客廳看節目，」他終於現身的時候說，「所以你們盡量小聲點，可以嗎？」

　　妖怪將可口的烤起司三明治切成三角形給我，然後替狗族打開一罐惡臭的爛泥——人類所謂的「貓食」。巴克斯竟然喜歡，真不可思議。

　　我才剛開始指導妖怪怎麼進行**飛行剃刀劃擊**時，那條放肆的狗打斷了我們。

　　「欸，勤練你的喵柔術是很好啦，但就如好狗大師所說的，**真正的戰鬥不在吠叫或猛咬，而是大腦**。我真心認為我可以協助你擊敗利牙。」

我嫌惡的吐了一口口水。「如果你認為狗族大腦可以幫忙打敗老練的喵柔術戰士，那麼你比我原本想的還愚蠢！」

　　「其實，克勞德，我想巴克斯說得有理，」男孩妖怪說，「我是說，不是想揭舊瘡疤什麼的，可是上一次你們對戰的時候，利牙不是贏了嗎？」

　　我低嘶。「那只是運氣好而已。」

　　「聽著，好老弟，」巴克斯說，「你和利牙都是喵柔術的大師。都治理過砂盆星，而且都被流放過，現在兩個都想統治宇宙。」

　　「哪隻貓不想？」我啐道。

　　「我的重點是，」巴克斯說，「你們太像了。全知議會無法從你們選定一個，是有原因的。如果你想打敗利牙，就必須做點不一樣的事。」

　　「安靜，巴克斯！你胡說八道！」

　　可是，巴克斯很堅持。「如果你可以學習像狗一樣思考，」他說，「那你就會知道**利牙**在想什麼，而他不會知道**你在**想什麼。」

　　「巴克斯說得有理。」男孩妖怪說。

　　「巴克斯是白痴。」我說。

　　「欸，」巴克斯說，「起步就是嗅嗅利牙的——」

「**不要**！」

「那樣一定會讓他措手不及，」男孩妖怪說，點著腦袋。

巴克斯也提議我舔一口利牙的口鼻，這簡直令人無法想像。接著他要我咬他尾巴一口。

「你第一次說得有理。」

「好好咬一口之後，」那條狗說，「趕快跑走，讓他追著你跑。很好玩的！」

「攻擊之後轉身就逃？絕不！」我說，「貓才不逃。我們跳躍！我們出擊！我們撲襲！」

「這就是問題所在，」巴克斯說，「貓溜上樹的速度快是快，但除此之外很快就開始喘氣。如果你可以加強耐力，就可以打敗利牙。」

「對啊！」男孩妖怪說，「所以，我們的籃球教練才會要我們繞圈跑步——才能比對手球隊撐得更久。」

彷彿從狗族那裡得到建議還不夠糟一樣，現在連這人類都自以為**他的**想法值得我注意？這也太過分了。

我離開那些蠢蛋，來了個策略小睡。我知道我永遠無法貶低自己，嘗試「像狗一樣思考」。

可是──狗和人笨歸笨──但針對體能這點，他們或許說得**有理**。

第 39 章

　　星期天，我起床的時候已經很晚，我爸媽已經出門去參加每週的網球比賽。貓柔術把我弄得好累，有趣是有趣，可是好累人。雖然我是虛擬操控機器貓，還是必須比劃出那些動作。巴克斯也因為跟克勞德玩追逐遊戲而累垮了，而且饞腸轆轆！

　　「哎唷，這個好好吃！」巴克斯開心的唏哩呼嚕吃著一罐**講究大餐**說，「還有嗎？」

　　「你邊吃邊說話的樣子，真是不堪入目，」克勞德說，「你的用餐禮儀比妖怪還糟。」

　　「我忍不住嘛！」巴克斯搖著尾巴，「這真的好好吃！我是說，向主廚致意！」

　　克勞德哈氣，然後走了出去。

　　我一點都不覺得餓——只覺得反胃。我的貓有一半機會可以成為**宇宙皇帝**。這雖然很棒，但那就表示我會失去我的寵物貓。我不知道宇宙的統治者應該住哪裡，但我確定不會是奧勒岡的地下室。

　　「巴克斯，你覺得克勞德會贏嗎？我是說，真的嗎？」

「唔，就像好狗大師說的，**我們不知道未來會如何。我們只希望這其中包括一根好骨頭。**」

「但是，如果是根**邪惡的**骨頭呢？」我問，「我是說，如果克勞德贏了，你想他會繼續做好事嗎？我知道他是 GAG 的成員什麼的，可是散播宇宙的愛跟他其實不大搭調。」

「所有的動物都有能力改變，拉吉。如果克勞德說他改邪歸正了，那麼我就相信他。」巴克斯開心的喘了一會，然後嚴肅起來，「可是如果我錯了，那麼，只能說，克勞德成為皇帝是更大計劃的一部分。」

「等等，」我說，我突然意識到巴克斯在暗示什麼，「讓克勞德加入 GAG 是計畫的一部分嗎？你們**希望**他成為皇帝嗎？」

巴克斯搖起了尾巴。「我想這裡嗅出異狀的不只是我。」

我好想問他更多，可是克勞德砰砰走進廚房，喊著關於「貨物」的話。

「什麼？」

「X2 在哪裡？」他質問，「不在笨蛋狗的船裡。」

「等等，你要帶走 X2 ？」我說，「那是不是表示我也可以跟著去？我是指，虛擬的？」

克勞德甩動尾巴。「是，妖怪，可以。歡迎。」

我真不敢相信——我要去**無垠**了！

第 40 章

　　顯然，在**無垠**裡有個替身，可能會滿有用的，因為現在 AWESOME 的成員都是我不共戴天的敵人。如果我贏得決鬥，他們肯定會想刺殺我，然後扶植利牙為皇帝；如果我輸了，他們照樣會為了樂趣而暗殺我。不管怎樣，有個替身可以混淆視聽，都是個絕棒的點子。

　　巴克斯的太空船駛過奈維連星雲時，我開始後悔讓男孩妖怪進入機器貓的操作系統了，因為他忍不住對置身在真正太空船的「內部」驚嘆連連。

　　「嘿，我剛意識到某件事，」男孩妖怪說，「沒有了 X2，我爸媽會開始納悶你去哪裡了，克勞德。我要怎麼跟他們說？」

　　「我在哪**不干他們的事**。」我低嘶。

　　就在那時，彷彿隨身帶著人類還不夠糟一樣，我們還有另一個乘客。

　　澎澎毛。

　　「謝謝你們讓我搭便車，」我的奴才說，「不知怎的，利牙和艾克隆忘記來接我。可是，我確定

那是無心之過。」

「對，肯定是。」我說。

「哇，這是佛巴格尼恩反應器嗎？」澎澎毛看到巴克斯的儀表板時，說，「我聽過這種東西！」

巴克斯搖搖尾巴。「如果你喜歡那個，瞧瞧這個中子電池——跟反物質聚集器相連。這是太空旅行的最新科技！」

巴克斯從駕駛座站起來。「你想來控制區試試嗎？」

「當然嘍。」澎澎毛興奮的說。

我的奴才駕駛太空船的時候，巴克斯轉向我。「好了，克勞德，我有個很特別的驚喜要給你。」他舉起他織的那件可恨衣物。「我讓你的毛衣又更好了，好老弟！」

我瞇細眼睛。「前面那個又怪又醜的符號是什麼？」

「是我親手繡的——是個**和平標誌！**」巴克斯說，一臉愚蠢且喜孜孜的用尾巴拍打座位。「我在地球上學到的，我已經讓它成為 GAG **的官方標誌！**」

「我才不要把那個**可恨東西**穿在身上！」

　　巴克斯的尾巴停止搖動。「克勞德，有時候我真不確定你是不是當善良動物的料，」他說，「我實在很不想看到你被踢出 GAG……弄到最後喪失跟利牙**決鬥**的機會。」

　　我低嘶。我別無選擇，只好穿上那件毛衣。

　　「你穿起來很好看，克勞德！」男孩妖怪說。

　　「閉嘴！」我低嘶，「澎澎毛，這個狗族的廢

鐵船可以飛多快，你就飛多快。」

　　「沒問題，毛衣大王，」澎澎毛說，「開始超高速飛行！」

　　等我當上皇帝的那一刻，我會替自己找更好──而且更不煩人──的手下。

第 41 章

　　搭乘以幾百萬倍光速行進的犬族太空船，絕對是我這輩子做過最酷的事情之一──不過，怪的是，也滿無聊的。太空中有好多空間，大部分的時間眼前都空無一物。加上我們距離**無垠**還剩一整天時間。

　　所以，必須摘下 VQ 頭盔上學去，我並不覺得可惜。唔，直到我上歷史課，不得不跟蠑螈交手為止。

　　明天就是口頭報告的日子，馬奎德老師給我們一整個空堂的時間追進度。我打開我們報告的檔案時，看到蠑螈又加了一些幻燈片，但講的都是斷頭台、戰爭和拿破崙的愛情生活。而且她把超級重要的東西──像是**日期**，全都刪掉了。

　　「你怎麼可以把講拿破崙法典的那三張幻燈片都拿掉？」我說。

　　蠑螈假裝睡著，然後醒了過來。「噢，抱歉，你剛剛說到什麼**法律改革**的事情嗎？」

　　「那是拿破崙做過最重要的事，」我說，「那

是老師會希望我們知道的事。」

「欸，拉吉，這是**口頭報告**，」蠑螈說，「要是全班都睡著了，我們會拿到很爛的成績。」

我們繼續爭論該留什麼、該刪掉什麼，最後決定把報告分成兩部分。這樣我們就能按照自己的意思，各自保留或剔除內容。

「我先講我的部分，」我說，「能不能請你把電影預告片拿掉？」

「噢，預告片絕對要保留，」接著蠑螈用電影的配音語氣說，「在拉吉・班內傑得到 B- 成績**的世界裡**⋯⋯」

我戴上耳機，回頭工作。

那天剩下的上學時間感覺沒完沒了。好不容易撐到下課，我沒等雪松和史提夫就先衝回家了。我真的很想回到太空船裡！可是媽在廚房裡堵到我，想要聊聊我這天過得怎樣。

「還好，媽。」我邊說邊朝地下室走去。

「你能不能看看，克勞德是不是在樓下？」她呼喚，「他今天一直沒來吃早餐。」

「噢對，」我說，「我想，呃，他不大舒服。」

「看來他體重也掉了，」媽說，「也許我們應

該帶他去看獸醫。」

「他會好起來的！」我從階梯一半的地方喊道。

我戴上 VQ 頭盔時，看到巴克斯在某種晶雲裡操縱太空船，穿過看起來很誇張的小行星帶。

「哇，這是什麼？」

「這個啊，好老弟，」巴克斯說，「就是**無垠**。」

第 42 章

　　在歷經無法形容的漫長與乏味旅程之後，我們終於抵達目的地。巴克斯太空船的推進器**翻轉**過來準備降落，我敬畏的盯著即將舉行枝椏決鬥的場地：有棵樹巨大到連時代神殿都相形見拙。眼前氣勢磅礴的景象，是我前所未見的。

　　「哎唷，」巴克斯瘋狂的搖著尾巴說，「我等不及要對著**那個**抬起腳！」

　　我差點因為這笨狗的無禮，用爪子劃過他的口鼻。但我沒時間可以浪費了，利牙已經坐在神殿階梯的頂端，沐浴在榮光之中。我必須到那裡去——馬上！

　　「喲、喲、喲，看看誰終於來了。」我跳上最後一段階梯時，利牙說。接著，他皺起鼻子。「那是什麼味道？**狗味古龍水？妖怪香精？**」

　　我還來不及用機智痛擊他以前，**蠢蛋Q比布**把腦袋塞進我們之間。

　　「嘿，伙伴們！我只是想祝你們好運，別放在心上！」河狸說，「希望你們喜歡那棵樹！我跟聯

盟裡的其他夥伴替你們咬低了點。**如果你打不過他們，就替他們把樹砍下**，我一向都這麼說！」

那一刻，時代神殿的門打開了，布拉諾克斯往前一站，迎向群眾如雷的掌聲。接著那頭渾身亂毛的熊將巨掌舉在腦袋上方，清了清喉嚨。

「各位好，宇宙的公民們！」她開始說，「為了選出下一任皇帝，我們再次聚集在這裡，可是今天不會有平手的狀況！」

群眾大吼表示贊同，布拉諾克斯不得不先暫停，然後再繼續。

「首先，代表全知議會，我想向 Q 比布和進步黨的其他半水生齧齒類表達感激，感謝他們一路從終了區將這棵樹送來。」

河狸用平扁的尾巴拍拍地面，替自己鼓掌。

「樹是必要的，」布拉諾克斯說了下去，「根據古老的貓族律法，貓咪藉由枝椏決鬥來證明自己的優勢。只要誰跌落，誰就輸了；留在樹上的，就會成為宇宙第 38,763 任皇帝。」

我覺得自己的皮毛直豎，無盡的權力即將掌到擒來。

「不過，**在那**之前，」布拉諾克斯說，「請為

『**星光燦爛的宇宙**』立正站好，今天將由黑洞38C的烏鴉們領唱！」

　　雖然我對這種排場儀典沒什麼耐性，但犬族已經開始放聲嗥叫了。

第 43 章

我原本認為太空船很酷，但太空船根本遠遠比不上**這個**。

置身在這裡——**不管**這裡是**哪裡**——都像是在某種龐大無邊的科幻動物園裡！巨大的懸浮平台上有貓熊、浣熊、狼獾、兔子，還有好多我沒見過的物種。有些我不確定地球上有沒有——但其中有些，地球上肯定沒有。像是那一大團會滾動的黏液。

「那是畢力里戈戈，」澎澎毛說，「他們都很有幽默感。」

巴克斯已經去跟 GAG 伙伴們會合了，我和澎澎毛正在尋找 AWESOME 的平台。這個地方被擠得水泄不通，很難帶著機器貓在太空動物們之間穿梭。空氣中頓時灌滿了上千隻小鳥的嘎嘎叫聲，震耳欲聾。

「那就是『**星光燦爛的宇宙**』！」澎澎毛大喊。

接著我聽到更多喊叫。這次是我媽！

我摘下 VQ 頭罩。「幹麼啦？」

「拉吉！」她呼喚，「吃早餐了！」

已經是早餐時間了嗎？我熬了**一整夜**？我都還沒複習我的拿破崙口頭報告呢，下午就要上台了。

「你的燕麥粥要冷掉了。」媽呼喚。

「我不餓！」我回喊。

「唔，我就餓了！」澎澎毛說，不知道我不是

在跟他講話，「我們去史畢克布雷攤販那裡吧。」

　　一直到放煙火的時候，澎澎毛才找到他想要的東西。

　　「在那裡！」澎澎毛說，「邪惡軍閥聯盟。」

　　我跟著他踏上階梯到平台那裡，然後整個人嚇到動彈不得。「那是誰？」我低聲說。

　　「艾克隆上校！很可愛吧？不過跟大黃蜂一樣

陰險。」

「不，不是那隻松鼠，」我說，「我指的是那個恐怖有牙的巨大怪物。」

「噢，你是指佐歌啊？」澎澎毛說，「對，她**是**宇宙中最可怕的存在，至少就我見過的來說。」

那個怪物朝我踏出一步——有誰看過長了腿的鯊魚啊！我怕到不得不摘下 VQ，只是為了確定自己還在地下室。

「要記好你的說詞，」澎澎毛對我耳語，然後放大音量對其他人說，「嘿，邪惡的軍閥同志們！我終於平安抵達了，希望你們沒有太擔心我！」

我完全不覺得有人擔心過澎澎毛。不過，艾克隆上校似乎相當在意我。「**他**來這裡幹麼？」那隻松鼠質問。

有那麼一瞬間，我擔心自己被識破了，但澎澎毛岔開了話題。

「這位是威斯卡，是和威斯苛同胎的兄弟，」他說，「他真的很討厭威斯苛，因為威斯苛跟那些妖怪混在一起，向小狗道歉，使貓族蒙羞，還穿毛衣什麼的。」

「小貓，你有什麼問題嗎？」佐歌說，聳立在

我面前，「你爲什麼不自己開口說話呢？」

「他**喑啞**，」澎澎毛說，「表示他沒辦法說話。」

「佐歌知道什麼是**喑啞**，佐歌的字彙很豐富。」佐歌站得離澎澎毛很近，呼吸沉重，吹得澎澎毛背後的皮毛飛了起來。

「當然了，」澎澎毛緊張的說，「我的意思是——」

「噓噓噓！」艾克隆說，「開始了！」

我望向樹木，看到克勞德和利牙蹲伏在樹木底部附近。接著號角響起，他們開始攀上樹幹。兩個速度都很快，轉眼爬得比神殿的屋頂還高許多。

「這樣有多危險？」我對澎澎毛小聲說，「我是說，我知道貓從很高的地方摔下來還是能活命，可是這些枝椏**真的**很高。」

「你是說如果他們從樹上摔下來嗎？」澎澎毛說，「那兩個肯定都會沒命！」他啃了啃串叉上的某種油炸肉。「可惜你不能試試這些史畢克布雷，因爲真的**好好吃**！」

第 44 章

布拉諾克斯一發下訊號，我和利牙就撲向彼此的喉嚨。我做了一個完美的五剃刀反轉爪劃，他則用五剃刀裡的前進爪劃。我們只以一鬚之差，錯過了對方。

我看得出來，我的死敵也去受訓了。他的動作比起我以前看過的更迅速、更凶猛。可是，我不會再讓他擊敗我了。

我往左虛晃一招，然後朝對手跳去。利牙低嘶著閃躲開來，我衝過他身邊，埋頭撞上了樹幹。我一時失去平衡，下滑的時候刮著樹皮。我靠爪尖撐住，後掌懸在空中。

「那個姿勢看起來挺不舒服的，老朋友。」利牙呼喚，順著枝椏朝我悄悄走來。

AWESOME 的歡呼越來越響，震耳欲聾。

「你的掌子開始抽筋了嗎？」他發出呼嚕聲說，「你忘記了爪子練習了嗎？」

他朝我揮掌的時候，我鬆掌放開枝椏。我在半空中扭身，以完美的蹲姿降落在較低的枝椏上。利

牙跳下來來跟我會合，我們的前掌同時使出月掌之襲。接著，他如我所料的使出盤繞彈躍。我跳往更高的枝椏反制他。

「像隻小小鳥一樣跳到更高處，是嗎？」利牙呼喚，「我就知道你會這樣！」

我早就料到他會用這麼低劣的方式來嘲弄我。

我正準備往下撲向他的背時，頓時想到：雖然難以置信，可是狗族跟妖怪說得沒錯。我跟利牙太相像了。如果我知道自己要瞄準哪裡，我的敵人也一樣。

是時候改變策略了，即使那種策略完全違背了我篤信和重視的一切。

我停頓片刻，召喚意念——**嘔、嘔——像條狗一樣思考**。

利牙冷笑。「上頭一切都好嗎？克勞——」

他話還沒講完，我就往下一跳，降落在他面前。他詫異的瞪著我，我撲上前**舔了他的鼻子**。

利牙驚恐的往後抽開身子，動作快得差點失去平衡。做了這件事後，我真希望能把舌頭泡進酸劑裡，可是這個動作滿有效果的。我再度逼近，又**舔了他一次**。

　　AWESOME 成員們發出訕笑——但我也聽到了一聲讚許的嗥叫。

　　「真噁心，」利牙吐了口水說，「你跟狗族相處太久，都變成同類了！」

　　「當條狗總好過鬥雞眼的野貓！」這當然不是我真心的感受——狗**令人**作嘔——但我知道這番話會讓他更震驚。

　　利牙還來不及再出言侮辱，我便在他頭頂上使出**巨大三倍螺旋**，然後在他背後降落。我嘴巴張得老大，卯足了勁咬他尾巴，然後**拔腿就逃**。

　　他憤怒的咆哮著，開始追著我跑。我在枝椏之

間彈彈跳跳，不曾停歇。我速度快到令人咋舌！彷彿與風融爲一體了。

　　我的敵人緊追在後。可是，不久後就聽到他呼吸得更吃力，我知道他撐不了多久了。

第 45 章

「你們看，小貓逃跑了，」佐歌說，「哈哈。」

「他還說自己是個軍閥呢！」艾克隆說，「根本是冒牌貨！」

克勞德直直高速衝上樹，利牙氣呼呼的想把他追趕下來。

「那個克勞德眞的讓各地的軍閥蒙羞了！」澎澎毛說，「還好我們把他踢出俱樂部了，對吧，大家？」

接著，他使勁對我眨眨眼，明顯到任何人都可能看到。他的演技眞的很差。

同時，克勞德在那棵巨木上四處暴衝，在枝椏之間彈跳，看起來一點也不累。要不是親眼所見，我是不會相信的：克勞德眞的把我們的建議聽進去了。他正努力耗掉利牙的體力——而且奏效了！

我望向 GAG，和巴克斯眼神交會。他對我眨眨眼，然後嗥叫歡呼。其他狗也跟著叫，聲音大到我幾乎聽不到手機聲。

叮！

叮！

叮！

我沒有理，我的貓在外太空巨樹上，被死敵追趕著——我哪有空在乎區區簡訊呢？

叮！

叮！

叮！

對方就是不肯罷休。我最好看看傳訊息的是誰。萬一媽或爸碰上車禍什麼的呢？我摘下頭罩，瞥瞥手機螢幕。

蟣蠊

> 拉吉！你在哪？

> 拉吉！你為什麼不在學校？

> 哈囉？？

> 拉吉！！！

> 我們今天要口頭報告！！！！

我查查手機上的時間，已經 10：13 了。怎麼可能這麼晚了？我錯過前三堂課了！

　　這可不好了——我真的得走了。可是我怎麼走得開？我不在的時候，決鬥會發生什麼狀況？而且，認真想想，我都已經遲到了，又不會因為**遲到更久**而被扣分。重要的是，我能趕上歷史課，那在最後一堂。

　　我回簡訊給蝶螺，說我身體不舒服，可是要她不用擔心，時間很充裕，說我趕得上我們的口頭報告。接著，我又戴上頭罩，轉眼便回到了**無垠**。

　　我看得出來利牙整個累癱了。他不再奔跑，只是坐在樹冠附近的枝椏上，大口喘氣。突然間，克勞德不知從哪裡飛出來，掃過利牙的前腿。

　　利牙頭下腳上滾下了枝椏的側面，大家倒抽一口氣。他勉強攀住枝椏下側，可是不可能撐太久的。他發出暴怒與恐懼的長嗥，心急如焚，想將自己往上拉——但失敗了。

　　他快要抓不住，開始往下掉！

　　「噢天啊，這次他逃不過死劫了，」澎澎毛說，「嘿，老闆！還有沒有史畢克布雷？」

第 46 章

我敵人開始墜向毀滅的那一刻，發生了驚天動地的事。簡直駭人聽聞。在**最後一刻**，他竟然得救了。

而出手搭救的——令人不敢相信——竟然是**我**。

事實上，我根本無意如此，彷彿這只是**本能**反應，我發現自己用嘴抓住利牙的尾巴，將他拉回到安全的枝椏上。

我吐出一口他的毛。

「你剛剛幹麼**那樣**？」利牙低嘶。

我不知道——而且我嚇壞了。巴克斯常掛在嘴邊的正義和善良，難道影響了我？

「我救了你的命，別客氣，」我說，彷彿我是故意這麼做的，「我只是要你……要你活著見證我最終的勝利。沒錯！」

利牙的耳朵往後壓平。「你先是打敗我，再救我一命來羞辱我？」

相信我，我已經後悔了。

「你要不是把你殘忍跟施虐傾向提升到新境界，」利牙說，「不然就是恰恰相反。」他嘲弄的甩了甩尾巴。「也許正如那條狗族相信的：你當真成了一頭**善良的動物**！」

他那樣暗示，讓我真想挖出他的眼珠子，只是我突然被巴克斯和其他 GAG 的傻笑蠢蛋團團包圍。他們搭著飄浮平台往上飛來，正擠在巨木四周。

「你辦到了，你辦到了！」那隻令人垂涎的 GAG 小老鼠說，「**你真的不邪惡！**」

「**克勞德是我們的英雄！**」弗來普茲喊道。

「就跟你們說過，他是隻**善良真摯的動物，**」巴克斯說，「我想也許那個和平標誌多少感化到你了，對吧，小老弟？」

我真想吃掉他們兩個，挖掉第三個的眼睛，然後把利牙推下枝椏。可是，接著我突發一想。要是他們以為我是隻轉了性的貓，又有誰在乎呢？

反正，我即將接下宇宙皇帝的冠冕！

火炬紛紛點燃，一群史提特比從殿堂裡被釋放出來，表示已經選出了新皇帝。雖然我自始至終不曾懷疑我最終會獲得勝利，但我簡直不敢相信這真的發生了。史提特比消失在雲端時，布拉諾克斯大

步走向階梯頂端，準備宣布結果。

「新宇宙皇帝萬歲！利牙萬歲！」

「你在**說**什麼啊？你這頭蠢熊！」我吼道，「贏的是**我**！」

布拉諾克斯抬頭對我眨了眨眼。「噢，你不是利牙嗎？你是另一個？」她說，「老天，我真的分不出你們兩隻貓。噢，唔，新皇帝是克勞德。萬歲。」

「新宇宙皇帝萬歲！克勞德萬歲！」

第 47 章

　　我拔腿衝往學校的時候，心臟砰砰砰的狂跳
——不只是我跑得飛快，也是因為我的貓贏了枝椏
決鬥。他就要當皇帝了！

　　噢，也因為我遲到得真的、**真的**很嚴重。

　　「班內傑先生，」我衝進教室的時候，馬奎德
老師說，「你能來做你的口頭報告真好。」

　　燈光關掉，我們的第一張幻燈片上了螢幕，即
使在黑暗中，我也能看到蟪蛄狠狠瞪著我。

「抱歉。」我喘著氣。

「哇，你的高燒真的很嚴重，拉吉，」她說，「你滿身大汗。」

「是啊，」我從她那裡把控制器接過來說，「真的是。」我幾乎換不過氣來，但我還是得開始我負責的那部分。「所以，拿破崙出生於……嗯，」我開始說。我必須轉過去看看幻燈片，因為我突然什麼也不記得了。「拿破崙 1759 年出生於科西嘉島上。」

這個開場不大精采，但等我說到拿破崙成為將軍的時候，我的狀態就跟當初練習的時候一樣。我表現得滿好的。不管我說什麼，馬奎德老師都跟著點頭，其他小孩似乎也都很認真聽。

不過，我快講完我的部分時，我注意崔佛閉上了眼睛，嘴巴張開。布洛迪看起來也像是睡著了。也許我當初應該把這些講拿破崙和公制系統的幻燈片拿掉。

「以上就是我蒐集到的資料，」我說，「現在，嗯，輪到蝶螺了。」

我把控制器遞給她。她按下控制器的時候，臉上掛著燦爛笑容。

「**在某個世界……**」

崔佛和布洛迪立刻坐起身，教室裡的其他人往前傾身，開始聚精會神——包括馬奎德老師。即使在預告片之後，他們還是聽得很專注，蠑螈講起拿破崙如何娶了喬瑟芬，在艾爾巴流亡期間舉辦大型宴會，還有我之前覺得無所謂的一堆垃圾訊息。我不得不承認，聽起來**的確**滿有趣的。

蠑螈講完之後，輪到我們的問答時間，接著大家為我們鼓掌。

「表現得真好，你們兩位。你們為我們提供了資訊**以及**娛樂，」馬奎德老師說，「出色的團隊合作。」

「嘿，想去吃那片披薩了嗎？」下課後，我們踏進走廊時，蠑螈說，「慶祝一下？」

可是，我已經拔腿跑了起來。

「以後再說吧，」我回頭向她呼喚，「我得趕到某個地方去！」

第 48 章

我榮獲勝利到加冕典禮之間的一切，有如旋風般轉眼過去。首先，Q 比布和他的河狸同伴在**無垠**裡裝飾了慶祝布條。一萬種小鳥高唱「皇帝頌歌」；最後，以流星雨拼出我的名字，點亮了從地平線到地平線的整片天際。

真是個巧思。

在這些餘興節目之後，大家再次聚集在永恆之梯上。布拉諾克斯宣讀了〈**善良行為的共通準則**〉，解釋了皇帝應該遵循的守則。想當然，我聽也不聽。規則是給奴才用的，而不是主宰所有生靈的君主。

完成之後，終於輪到我登上階梯，接收帝王權杖的時刻了。噢真是喜上加喜！

我看起來雄糾糾，面容器宇軒昂。要是沒有這件毛衣，看起來肯定更有架勢。不過，不久我就要立法禁止所有編織用品，也許甚至全面禁止衣物。不過即使如此，可曾有宇宙之王像我這般俊美、高貴、如此**威風凜凜**嗎？

顯然沒有。

我確知如此，因為我正看著自己。

或者，說得更精確一點——我正看著 X2。因為在幾分鐘以前，我們調換了位置，現在穿著毛衣的是**他**，我則站在澎澎毛和 AWESOME 其他成員身邊，扮演那個喑啞但俊美的威斯卡！我的敵人們完全不知情，他們跟新任君主只隔了幾吋的距離。

不能親自站在永恆之梯上，沐浴於榮耀之中，接受眾多動物的崇仰，確實令人失望。不過，我知道利牙和其他軍閥絕對不會善罷甘休，眼睜睜看我坐上皇帝寶座。

事實上，典禮進行期間，艾克隆、利牙、佐歌一直悄聲討論著。

我朝他們走去。我總是很享受偽裝之術，而我假扮成地球貓的那段時間，只是讓我原本熟練的技巧更上一層樓。

「在醞釀什麼陰險計謀嗎？」我隨口問道，「別只顧著自己享受，讓其他人也來點樂子嘛。」

「你要陰謀就自己去策劃一個，」利牙低嘶，「這個已經有夠多人手。」

他幾乎沒朝我方向看。但艾克隆卻用如豆小

眼，神情冰冷的瞪著我。

「澎澎毛說你沒辦法講話。」那個松鼠指揮官說。

「我之所以打破沉默，是因為我無法忍受看到那個威斯苛登上王位！」我說，「當然，他氣宇非凡、聰慧過人，也是砂盆星最上乘的領袖。但他憑什麼當皇帝？」

「看來你沒有我們聽說的那麼痛恨他，」利牙說，現在懷疑的瞅著我，「據說，你認為，他向犬星星群的狗族道歉這個令人作嘔的行為，害得你們整個家族血脈蒙羞。說起來，也讓整個貓族全體喪盡顏面。」

「欸……是，如果那是真的，**確實**令人髮指，」我說，「可是你們難道不認為，威斯苛只是為了上位而假裝道歉的嗎？他向來很擅長說謊。」

利牙、艾克隆、佐歌面面相覷。

「我的軍閥伙伴，你們知道威斯苛向來不拿手的是什麼嗎？」利牙說著便伸出利爪。

「是什麼，利牙？」佐歌說。

「刺探軍情。」

艾克隆因為頓悟而瞪大雙眼，迷你爪子摸找著

武器。片刻之後，他拿著空氣堅果飛彈對準我的鼻子。

「現在你該哀求我們，饒了你這條可悲的小命，**克勞德**。」利牙說。

「對啊，快哀求吧，小貓咪！」佐歌說，「佐歌喜歡哀求。」

AWESOME 那些惡棍團團包圍住我。我被困住了。於是我做出自己所能想到的，最能表示不服的反應。

我發出呼嚕聲。

「我永遠不會哀求！」我說，「放馬過來吧，艾克隆！」

　　「樂意之至，」他啾啾說，「跟一切道別吧，克勞德！」

　　他真的很可愛——即使他即將分解我。

第 49 章

　　我回到家時，剛好趕上了加冕典禮。好瘋狂！而且令人神經緊張。我，就要加冕為全宇宙的皇帝！我是說，其實我就站在地下室，戴著 VQ 頭盔，控制著機器貓，但這依然是史上最棒的星期四。

　　針對握有帝王權杖的責任多重大，以及新皇帝最重大的職責就是傾聽選民的心聲，布拉諾克斯進行了又臭又長的演說。我納悶克勞德有沒有認真聽，因為皇帝的權力聽起來沒有他原本想像的大。

　　克勞德不能奴役整個宇宙，這點讓我覺得好過一點。可是看到來自幾百萬光年的這些物種，讓我理解到眼前的景象有多麼真實。雖然對我來說這一切都很酷——我是說，**對克勞德來說**——但這也表示，我的貓永遠不會回家了。

　　「**紅色警戒**，小妖怪！**紅色警戒**！你聽得到我嗎？」

　　是澎澎毛，他的聲音直接傳進 VQ 頭罩。

　　「強大獅子有危險。邪惡軍閥們行動了。準備啟動 X2 的武器系統。再說一次，**準備啟動 X2 的**

武器系統！」

　　強大獅子是克勞德的代號。但軍閥們應該來追殺我，而不是他啊！

　　我掃視了群眾，立刻看到佐歌。我運用 X2 的先進光學設備，縮小視距，我看到克勞德的時候，倒抽了一口氣。他遭到他們三個的圍剿——佐歌、利牙和艾克隆。老天，艾克隆真的好可愛。可是等等——他是不是拿著某種槍械？而且直直指著克勞德？

　　咻呲！

　　我發射了 X2 的雷射眼，艾克隆的武器蒸發了。

　　酷！

　　佐歌在做什麼？她正要張開嘴顎，而且——噢不，她到底有多少顆牙齒啊？

　　接著，我明白那條真鯊打算做什麼。

　　她要吃掉我的貓！

第 50 章

「小小的玩具槍太浪費時間」，佐歌說，「佐歌餓了，佐歌想吃貓肉當晚餐！」

我凝視著佐歌的嘴裡，還有她利如剃刀的 794 顆牙齒，讓我的尾巴竄過一陣哆嗦。可是，被當成鯊魚食物而死，不會是我的命運。至少，我不可能不經奮戰就乖乖就範啊！

恐怖的佐歌朝我撲來，我往天空一躍。**啪嚓！**她巨大的嘴顎發出咬聲，但只咬到空氣，我落在了她的口鼻上。

「壞貓咪！」野獸說，目光聚焦在我身上，成了鬥雞眼，「佐歌看到你了！」

「沒多久了！」我說著便用強大的**剪刀割功**，劃傷了她的兩隻眼睛。

鯊魚放聲大吼，甩動腦袋，想用牙齒壓垮我。**啪嚓、啪嚓、啪嚓！**但我為了保住小命，扒住她的口鼻。接著，她拱背躍起，甩開我的爪子，將我拋入空中，然後

喀嚓！

佐歌的嘴顎使勁扣住了一個貓族身影。

謝天謝地，那不是我。那個男孩妖怪再次救了我——這次先將我推開，再讓那隻機器貓直接飛進那個巨獸的大嘴裡！

佐歌猛力一咬，將我的替身咬成兩半。看起來好痛。對佐歌來說。她吐出了機器人的零件碎片，

嗆著不停。

　　「你罪有應得，你這個善變的怪物！」我說，
「現在俯首稱臣吧，在你的——」

　　「還早呢，小克，」利牙說，他和其餘的
AWESOME 成員越逼越近，「你已經沒有替身可以保
護你了。」

　　不過，利牙講的話被咆哮聲壓了過去。咆哮聲
還真不少。

　　是巴克斯！還有其他太空巡警犬。他們在我們
四周圍成一圈，齜牙咧嘴的吼著（幾隻兔子和老鼠
也挺身而出，可是恫嚇效果小得多。）

　　「利牙——佐歌——艾克隆！你們被捕了，」
巴克斯說，「理由很充分。」

第 51 章

　　我透過機器貓的眼睛看到的最後東西，是佐歌嘴裡的內部。那番景象我永難忘懷。接著 VQ 螢幕轉黑。

　　我繼續重新開機，拚命要把傳輸內容找回來，但 X2 可能在鯊魚肚子深處。可是克勞德呢？他發生什麼事了？

　　幸好，VQ 頭罩跟澎澎毛之間的直接聯繫沒斷。「小妖怪呼叫死黨！」我反覆說著。「收到！收到！」他終於回應了。

　　「**發生**什麼事了？」我問，「克勞德還好嗎？」

　　「一切都好，小妖怪，」澎澎毛說，「強大獅子安全無虞。」

　　「我可以跟他講個話嗎？」我說，「我想說恭喜——和再見。」

　　「唔，他現在有點忙，要提領宇宙的鑰匙什麼的。不過，巴克斯想跟你說個話！」

　　「嘿，拉吉，剛剛你做的事情真 AWESOME

（棒極了），」巴克斯說，「抓到笑點了嗎？AWESOME，就是邪惡軍閥團體的簡稱啊。」

「嗯，巴克斯，我懂。」我喉嚨堵堵的，沒辦法再多說什麼。

隔天一整天，我沮喪極了。我是說，克勞德沒死，現在他統管所有物質什麼的，那是很棒沒錯。但我已經開始想念他，而且不確定能否再見到他。那天晚上，我連晚餐都吃不下，只是用叉子一直挑著食物。

「怎麼啦，兒子？」爸說，「我還以為那個歷史大報告結束了，你會高興得要命。」

我聳聳肩，把飯推到盤子的另一邊。

「你擔心克勞德生病的事嗎？」媽說，「如果他明天早上狀況沒好轉，我們就帶他去看獸醫。」

我應該跟他們說什麼呢？我之前說克勞德過去幾天都躲在地下室的箱子裡，可是現在我不得不坦承真相。唔，不是真相，因為他們永遠不會相信的。但我必須想個辦法跟他們說，克勞德離開了，說他永遠不會回家來。

接著，我的電話響起。

至高無上的全能大帝

「媽！爸！這通我非接不可！」我說，拔腿跑進地下室。

「克勞德！」我說，「你打電話來說再見了！」

「請尊稱我為萬物之主，」克勞德說，「而且，不，你搞錯了，我打電話是要跟你說，我在回家的路上。回**你**家。」

「回**我**家？」我說，「你是說你要來這邊？到地球？」

「對，妖怪，」他說，「到地球。」

「可是為什麼？你不是得從**無垠**統治宇宙嗎？」我說，「你不是痛恨地球嗎？」

「我並不**痛恨**地球，拉吉，」克勞德說，「雖然你們妖怪又蠢又醜，我漸漸重視起你們的，呃……善良……和……**好客**。我喜歡的是，嗯，你們星球只有一**個**可愛的月亮。對，那就是原因所在。」

一時片刻，我什麼都聽不到，只有雜訊，還是哽咽的聲音？「你還在嗎？克勞德。」

「在，只是恆星干擾了訊號。我剛說到哪了？啊對。你，拉吉，你今天這麼勇敢的奮戰，我決定

獎賞你，就是把地球——更精確的說法是，**你的**碉堡——當成宇宙的首都。」

這也太誇張了！「等等，所以——」

「不要講話，免得毀掉這一刻！」他說，「我很快就回來了。你一定要準備很多起司產品，好迎接我的歸來。」

語畢，通話結束。我好震驚。我的貓即將統治宇宙——從我家！我的寵物真的是無與倫比。

第 52 章

　　我無法忍受男孩妖怪正準備吐出的廢話，於是掛掉了電話。搭乘巴克斯的太空船已經有夠多的無趣了。

　　「等等，你嗅嗅我的屁股，就知道我在幼貓園熱核物理學的成績是 A$^+$？」澎澎毛說，「真不可思議！」

　　「沒什麼不可思議的，」巴克斯說，「只是狗族鼻子的妙用！」

　　我就是不懂，為什麼這艘太空船沒有彈射按鈕。

　　雖然妖怪男孩奮力救我一命，這點值得珍惜，但這個事實——以及我給他的其他每個理由——都跟我決定回到他的星球毫無關係。我決定將自己的帝王寶座設立在那裡，不是因為我不再厭惡地球——厭惡的感受強烈依然——而是因為只有在那裡，我才能安全躲過 AWESOME 的復仇。

　　巴克斯和他的太空巡警同伴將他們送進了「哈姆史德」監獄星球。可是我知道那個煉獄般的地方

——設有勞動輪子以及塑膠球形監牢——無法困住他們多久。

　　所以，我頒下的第一道詔令，就是宣布銀河為**星際荒野保留區**。我要求巴克斯在銀河四周再次升起力場，並將可以解除力場的唯一密碼交給我。這樣就可以攔阻我的敵人們，巴克斯也不會再來地球煩我。

　　從各方面來看，這都是任何貓族可能擁有最棒的一天。現在最棒的部分來了：向那個可悲的狗族說再見。

　　「我們剛剛離開了**無垠**，老大，」巴克斯說，「你可以趕上回地球的蟲洞。你一穿過去，它就會關起來！」

　　「唔，巴克斯，我很想說能夠認識你真好，但這是違心之論，」我說，「再見了，永永遠遠！」

　　「永遠是個久到可怕的時間，」巴克斯搖了下尾巴說，「我有種感覺，我們下次見面的時間，會比你想的**快一點**！」

　　我還沒去想他說的是什麼意思，澎澎毛就蹭了蹭我，這種情感表露令人作嘔，他長到可怕的毛都搔到我鼻子了。

「偉大的君王，能夠再次相聚，真是太好了！」

「是，太好了，」我說，「瞬間移動機的控制器在哪裡？」

「按鈕在這裡，噢無上榮光，」我的奴才邊說邊指，「可是首先，我想說我——」

我按下按鈕，轉眼消失蹤影！

不到一秒鐘，我便回到了醜惡輝煌的地球。

讓我的邪惡統治自此開始吧！

待續

故事 ++

邪惡貓大帝克勞德 5：成為宇宙之王

文　強尼・馬希安諾（Johnny Marciano）
　　艾蜜麗・切諾韋斯（Emily Chenoweth）
圖　羅伯・莫梅茲（Robb Mommaerts）
譯　謝靜雯

社　　長　　陳蕙慧
副總編輯　　陳怡璇
主　　編　　陳怡璇
編輯協力　　胡儀芬
美術設計　　貓起來工作室
行銷企劃　　陳雅雯、余一霞

讀書共和國集團社長　　郭重興
發行人兼出版總監　　曾大福

出　　版　　木馬文化事業股份有限公司
發　　行　　遠足文化事業股份有限公司
地　　址　　231 新北市新店區民權路 108-4 號 8 樓
電　　話　　02-2218-1417
傳　　真　　02-8667-1065
E m a i l　　service@bookrep.com.tw
郵撥帳號　　19588272 木馬文化事業股份有限公司
客服專線　　0800-2210-29

印　　刷　　呈靖彩藝有限公司
2022（民 111）年 09 月初版一刷
定　　價　　350 元
I S B N　　978-626-314-259-6

國家圖書館出版品預行編目 (CIP) 資料

邪惡貓大帝克勞德 5：成為宇宙之王 / 強尼 . 馬希安諾 (Johnny Marciano), 艾蜜麗 . 切諾韋斯
(Emily Chenoweth) 作；羅伯 . 莫梅茲 (Robb Mommaerts) 繪圖；謝靜雯譯 . -- 初版 . -- 新北市
：木馬文化事業股份有限公司出版：遠足文化事業股份有限公司發行，
民 111.09，192 面；15x21 公分 . --（故事 ++）
譯自：Klawde : evil Alien warlord cat #5
ISBN 978-626-314-259-6(平裝)
874.596　　1111013057

感謝您購買 **邪惡貓大帝克勞德 5：成為宇宙之王**

為了提供您更多的閱讀樂趣，請填妥下列資料，直接郵遞（免貼郵票），即可成為小木馬的會員，享有定期書訊與優惠禮遇。

為了感謝大小朋友的支持，2022 年 12 月 31 日前，填寫問卷並寄回，我們將抽出 3 名讀者，就有機會得到小木馬童書一本。

一、基本資料

小讀者姓名：＿＿＿＿＿＿＿＿＿＿　　性別：＿＿＿＿＿＿＿＿＿

小讀者年級：□國小　　　年級　　　□國中　　　年級

家長資料

姓名：＿＿＿＿＿＿＿＿＿＿＿＿＿＿＿

家長電話：＿＿＿＿＿＿＿　　電子郵件：＿＿＿＿＿＿＿＿＿＿

地址：＿＿＿＿＿＿＿＿＿＿＿＿＿＿＿＿＿＿＿＿

■您從何處得知本書訊息（可複選）

　□書局　□書評　□廣播　□親友推薦　□小木馬粉專

　□特定網路社群 / 粉專　　　　□其他

二、請小讀者針對本書內容提供意見

■請問你花了多少時間閱讀這本書？＿＿＿＿＿＿＿＿＿＿＿

■請問你覺得這本書的字數如何？□太多字了　□太少字了　□字數剛剛好

■以下形容，何者是你閱讀這本書的心情和感受？(可複選)

　□好笑　□神奇　□意想不到　□悲傷難過　□枯燥　□意猶未盡　□想分享給同學

　□其他＿＿＿＿＿＿＿＿＿＿＿＿＿＿

■看完這本書，你最喜歡哪個角色？想跟他說什麼呢？

＿＿＿＿＿＿＿＿＿＿＿＿＿＿＿＿＿＿＿＿＿＿＿＿＿

＿＿＿＿＿＿＿＿＿＿＿＿＿＿＿＿＿＿＿＿＿＿＿＿＿

■請用一句話描述讀完這本書的心情？

＿＿＿＿＿＿＿＿＿＿＿＿＿＿＿＿＿＿＿＿＿＿＿＿＿

＿＿＿＿＿＿＿＿＿＿＿＿＿＿＿＿＿＿＿＿＿＿＿＿＿

請沿虛線對折寄回

231
新北市新店區民權路 108-3 號 3 樓

木馬文化小木馬編輯部　收